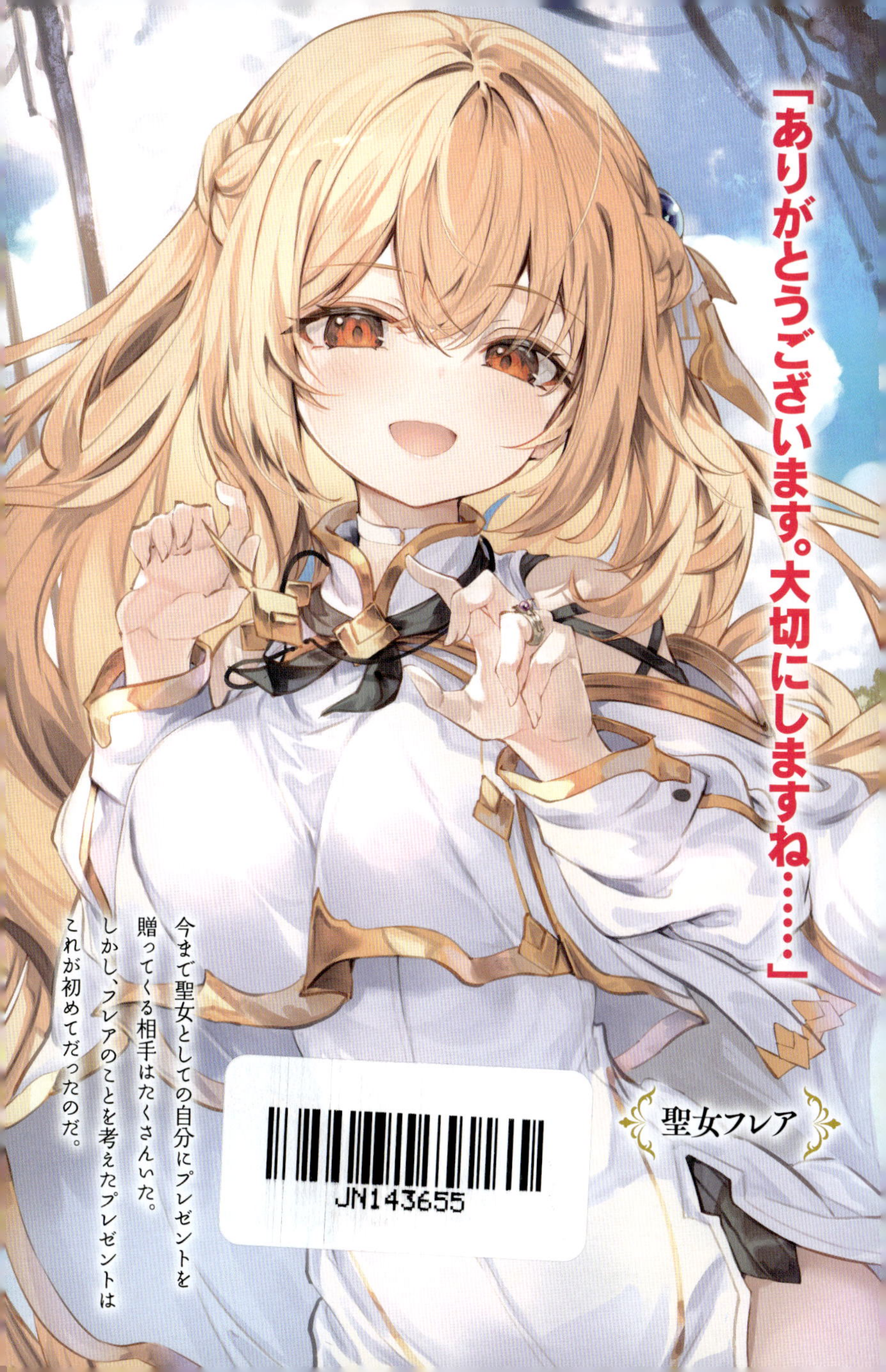
「ありがとうございます。大切にしますね……」
聖女フレア
今まで聖女としての自分にプレゼントを
贈ってくる相手はたくさんいた。
しかし、フレアのことを考えたプレゼントは
これが初めてだったのだ。

魔王アルマオディ
元騎士ランデルグ
魔族カイン
領主の子アデル
魔女シア

騎士団長ケイト
エルフ族ルイン

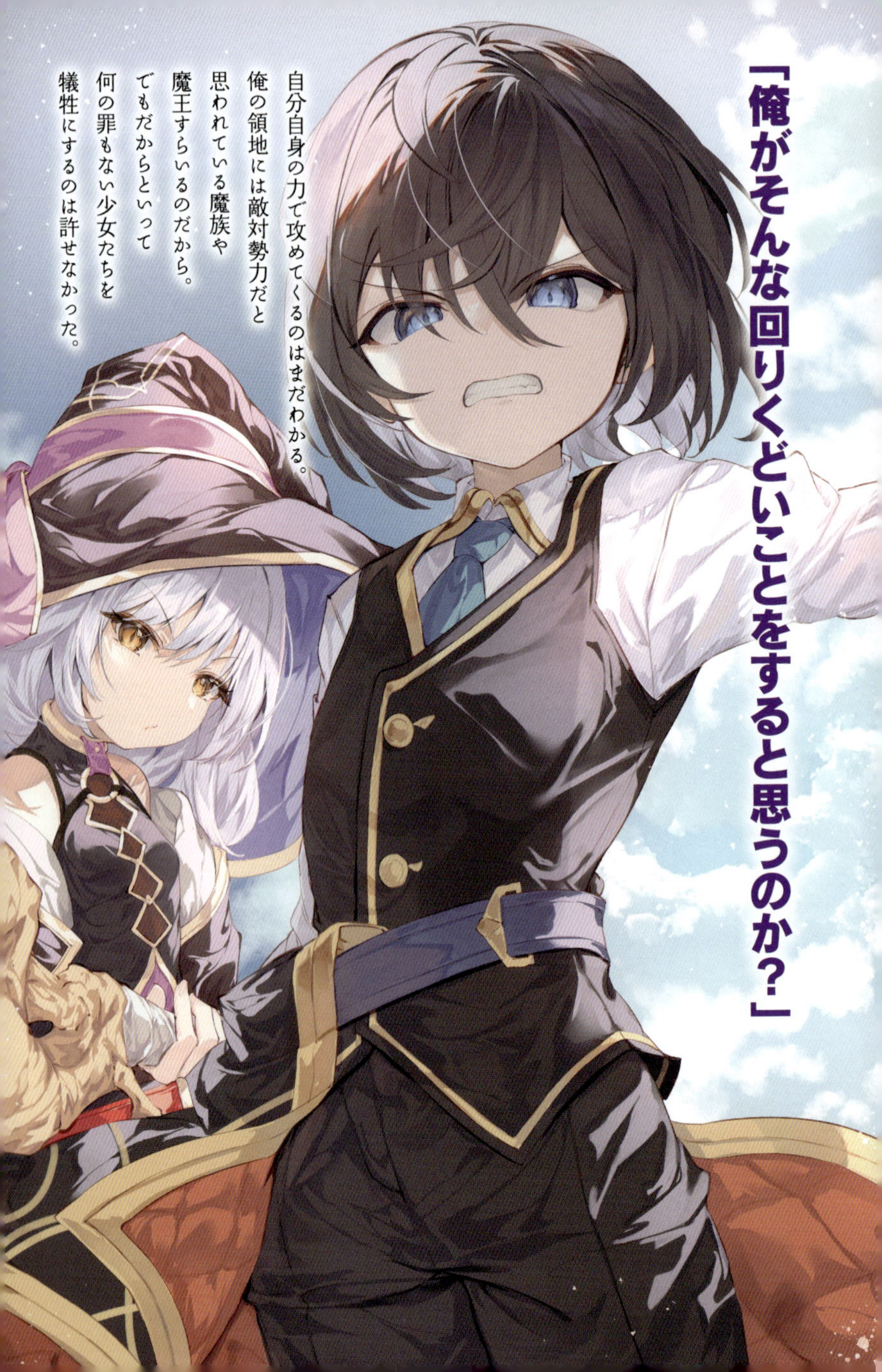
「俺がそんな回りくどいことをすると思うのか？」
自分自身の力で攻めてくるのはまだわかる。
俺の領地には敵対勢力だと
思われている魔族や
魔王すらいるのだから。
でもだからといって
何の罪もない少女たちを
犠牲にするのは許せなかった。

Susumu Sorano
空野進
[Illust] ファルまろ
最弱貴族に転生したので
悪役たちを集めてみた

# CONTENTS



イラスト：ファルまろ　デザイン／寺田鷹樹（GROFAL）

# プロローグ

「あいつ誰だっけ？　序盤になんか死んでた奴《やつ》」

そんな風に言われていたのがこの俺、アデル・レイドリッヒであった。

ゲームが進行すると必ず起こる襲撃イベントで「辺境の地が悪役の手に落ちたようです」と言われて名前すら出ずに滅ぶ、最弱領主の息子である。


そのことに俺が気づいたのは六歳のときだった。

流行病《はやりやまい》にかかってしまった俺は朦朧《もうろう》とする意識の中で前世の記憶を取り戻していた。

剣と魔法の異世界への転生。最初は心が躍ったね。

しかし、蓋《ふた》を開けてみるとどうか。

この世界は俺が前世でやっていた恋愛シミュレーションＲＰＧ『アーデルスの奇跡』そのものだったのだ。

数多《あまた》いる世界の脅威たる悪役を、学園に通う平民の主人公が多種多様な攻略キャラたちとともに討ち倒すRPG要素も兼《か》ね備《そな》えたゲーム。

俺がそのことに気づいたのは父の書斎で勝手に本を読んでいたときのことである。

「アーデルス王国？　どこかで聞いたことあるな？」

最初は単なる偶然だと思っていた。たまたま見知ったゲームと同じ名前の国があるだけ……。

しかし、調べていくたびにそれは確信へと変わる。

王国以外にも記憶に残っている地名が全て資料に載っていたのだから。

ここまで一致しているのに何故《なぜ》か俺、アデル・レイドリッヒの名前はおろか、レイドリッヒ領のことが思い出せない。

それもそのはずであった。

だって、ゲーム内には一度としてその名前は登場していないのだから。

ゲーム内で登場したレイドリッヒ領の名前は『滅びた町』。

はい、滅びてます。

滅びてるにしてもせめて町の名前くらい出せよ！　とにかくこのまま何もせずに滅んでやる義理はない。

破滅回避のために動くことを決意するのだった。

◇◇◇

まず初めに俺が王都の学園に入る十五歳。

ここがタイムリミットである。

そこからゲームのストーリーが始まり、多少の差異はあれど序盤で必ずこの領地は滅んでしまうのだ。

それまでに悪役から町を守れるだけの戦力を整《ととの》えないと――。

そう考えた俺は執事のバランを呼びだした。

「アデル様、どうなさいましたか？」

「早急に確認したいことがある。領軍についてだ」

「軍……にございますか？」

バランは思わず首を傾《かし》げる。

それを見た俺は「あっ、これはダメなやつだ」と感じ取った。

「西の森へ狩りに出る狩人《かりゅうど》が十名ほど、町を守る衛兵が十名ほど、あとはこの領主邸に五名ほどの兵が詰めております。いずれも強者揃《つわものぞろ》いかと――」

バランは幼い俺を安心させるために朗らかな笑みを浮かべながら言ってくるが、俺は内心ため息をつく。

やっぱりダメだったか……。

その数は危険な辺境の地であるというのにあまりにも少なく、今すぐにでも滅ぼしてくれと言わんばかりである。

もっとも町中は平和そのものでレイドリッヒ領は今日ものんびりとした空気が流れていた。

「もしかして怖い夢でも見られたのですか？　ここが襲われることはないので安心してください。はっはっはっ」

襲われるんだよっ⁉　声を大にして言いたかったのをグッと堪《こら》える。

前世のゲームの知識なんて説明しても、子供の戯言《たわごと》と笑われるだけなのだから。

どうしてここまで危機感がないのかというと、今この領地が置かれている状況が全てを物語っている。


北は植物すら生息しない『死の大地』。

西は狩りにうってつけの弱い魔物しかいない『沈黙の森』。

南は寄親《よりおや》たる『ランドヒル辺境伯の領地』。

東は王都へ続く街道があり、最寄りには王国最強魔法使いの『メジュール伯爵の領地』。

唯一北の大地だけは危険な瘴気《しょうき》が噴き出しているために定期観察がいるものの襲われる心配がこれほどない領地も珍しい。

もちろんゲーム情報がなければ、だが。

死の大地の奥には人間世界の地図には描かれていないが魔族の国があり、虎視眈々《こしたんたん》と人間世界に侵攻しようと力をつけている。

沈黙の森には世界を絶望の淵《ふち》に陥《おとし》れた『災厄の魔女』が封印されているダンジョンと、森の奥には人間と相容《あいい》れずに俗世を離れたエルフの国が。

ランドヒル辺境伯はその娘が悪役令嬢で、嘲笑を浮かべながら平気で金を奪っていく上に上位貴族を泣き落としてこちらが悪いように仕立ててくる。

メジュール伯爵はところ構わずに魔法をぶっ放す人物な上に悪い意味で貴族社会にどっぷりと浸《つ》かり込んでいる小悪党だ。更にはその街道には大盗賊のアジトすら存在していてとても治安が悪いのだ。

四方全てに敵が存在して逃げ場がない状態である、なんて子供の俺が言ったところで誰も信じないだろう。

しかもレイドリッヒ領がゲーム内での『滅びた町』であるならば、領内にすら爆弾が存在する。

開始前から詰んでいるマイナススタートでどうしろと……。

いやよく考えろ。この危機的な状況から脱出する方法があるはず。

必ず序盤に悪役に滅ぼされるこの領地を救う方法が……。

そこで俺は何か引っ掛かりを覚える。

この領地が襲われるのは、必ず世界を滅ぼそうとする『悪役』が現れるから。

悪役がいなければこの領地が襲われることはない。

つまり、悪役を俺の仲間に引き込めばいい。

世界を滅ぼそうとする悪役さえいなければこの領地も滅ぼされることなく、俺も無事に暮らすことができる。

悪役も悪に走ろうとしたきっかけが必ずある。

そして、それは既にゲームのシナリオ上に書かれていたのだ。

そのきっかけを俺の手で取り除けば、悪の道に走らず、俺の力になってくれるはず。よし、破滅回避のために悪役たちを集めるぞ!!

こうして俺は近場にいる悪役の情報をまとめ始めるのだった。

# 第1話　町の爆弾

この町の爆弾。

それは町の北外れに住む魔族の家族だった。

死の大地付近の小さな小屋に病弱な母親と少年が隠れるように住んでいるのだ。

ゲームのストーリー開始直前までは誰にも気づかれずにいたのだが、とある人物の手によって魔族が領地内にいることがバレてしまい迫害を受ける。

その結果、病弱な母親が死に、少年が復讐《ふくしゅう》に燃え上がり、王国を半壊させるラスボスにまで成長するのだ。

今はそれほど力を持っていないだろうが、将来性はばっちりの悪役キャラである。

魔族というだけで迫害を受けてしまうのだから、下手に町から遠い場所に住まれると逆に困る、ということで俺はそこへ出向いた。

今にも崩れそうな掘っ建て小屋の扉をノックする。

「すみません、誰かいませんか？」

中から息をのむような音が聞こえる。

どうやら中にはちゃんと魔族の親子がいるようだった。

「あの……、どちら様でしょうか……？」

「これは失礼しました。私、レイドリッヒ領主クリス・レイドリッヒが嫡子、アデル・レイドリッヒといいます。少々お話ししたいことがあるのですがいかがでしょうか？」

「その、本日は体調が優れなくて……。アデル様に伝染《うつ》してしまっても申し訳ありませんので――」

言い訳のようにも聞こえるが、母親が病弱なのは事実。

その病気も後に息子の口から語られる。

「もし、もっと早くに病気の治療方法がわかっていたら、俺は世界を恨まずに済んだのか？」

それはゲーム中でも人気の台詞《せりふ》の一つである。

そして、ゲームをしていた俺はその治療方法がわかっていた。

それもここに真っ先に来た理由の一つである。

「確か、ずっと熱が下がらずに体が動かなくなる病気……でしたよね？　その治療方法がわかる、と言えばいかがでしょうか？」

「ほ、本当に治せるのか⁉」

中から少年の声が聞こえてくる。

そういえば今まで声がしなかったのは息子を隠そうとしていたのか。

迫害を受けたときも同じく少年だけ隠していたのかもしれない。

「ちょ、ちょっと、カイン⁉　声を出したらダメって言ってたでしょ⁉」

「でも、母ちゃんの病気が治るかもしれないんだぞ⁉」

「あなたは素直すぎますよ。……わかりました。今開けますね」

扉がゆっくりと開く。

女性はベッドの上で体を起こしており、扉を開けてくれたのは少年の方だということがわかる。

この少年こそが裏で世界を操る魔の宰相と呼ばれるようになるカイン・アルシウスである。

冷徹に逆らうものを処刑し続けたゲームでの姿はまるで感じられず、今は無邪気な少年そのものであったが。

二人はフードを被《かぶ》ってなるべく正体を隠そうとしていたが、それでも整《ととの》った顔立ちとわずかに見える銀髪だけは確認できた。

「お、お前、本当に母ちゃんを救えるのか⁉　嘘《うそ》……じゃないんだな？」

「ちょっと、カイン。その方は領主様のご子息。そのような言葉遣いをしたらダメですよ」

「いえ、私の方が押しかけてしまったのですから、気になさらないでください。それよりもえっと……」

「私はメルシャでございます、アデル様。こちらは息子のカイン。今は療養のためにこちらの小屋に住まわせていただいております」

「メルシャさんですね。では、単刀直入に言わせていただきます。メルシャさんのご病気は……」

カインが俺をじっと見ながら息をのんでいた。

「過剰な魔力が体内に残ってしまい、それが悪性魔力となって体を蝕《むしば》む『魔力病』と呼ばれる病気です」

「魔力病……。そんな病気が」

この病気はゲームでも終盤の方になって初めて判明する病気である。

攻略キャラの一人がそれを患ってしまい、主人公たちがなんとかして治療するために世界を回るのだ。

ただ、そんなことをしなくても一時的に症状を緩和《かんわ》させることは容易《たやす》い。

「失礼ですけど、お二人は魔族ですよね⁉」

その言葉を発した瞬間にメルシャはガタッと物音を立て、メルシャの被っていたフードが取れ、長い耳が姿を現す。

すると、次の瞬間にカインは腰に携《たずさ》えたナイフを俺に突きつけてくる。

人間の世界だと魔族であることが知られると平然と迫害される。

人間社会に溶け込んだ魔族が生きていくためにはこれも仕方ないことだった。

「それを知られたからには生かして帰すわけにはいかない」

「いいのですか？　私を殺すと魔力病の治療方法がわからなくなりますよ？」

「うぐっ」

「カイン、ナイフを下ろしなさい！」

「わ、わかったよ……」

カインはその場でナイフを下ろす。

「申し訳ありません、アデル様。息子の罪は私の罪。いかなる罰もお受けする所存にございます」

「ちょ、ちょっと待て！　母ちゃんは関係ない。今のは全て俺が悪いんだ！　罰を与えるなら俺にしてくれ！」

二人して必死に頭を下げてくる。

「元々罰なんて与える気はないですよ。そもそも私はお話ししたいことがあると言って来たのです。それに魔族であることを知っていると言えば今の行動はなんら不思議ではありませんから」

「それは俺たちが魔族だから排除するってことじゃ……？」

「違いますよ？　そもそもただ魔族というだけで悪いこともしてないのに、どうしてこんな町外れの地で暮らされているのですか？」

「それはもちろん私たちの姿を見たら迫害されるからで――」

「何も知らない人が見たらそうかもしれませんね。でも、その魔族が例えば貴族の嫡子に仕《つか》えている、となればいかがでしょうか？」

「はっ⁉」

メルシャは思わず息をのんでいた。

貴族に仕えてる人物を襲えば、それこそ貴族そのものを襲ったことに他ならない。

貴族に仕えることができるなら、魔族といえど人間の町で堂々と住むことができるだろう。

「し、しかし、それを是とする貴族様がおりません。やはり人族と魔族は相反するもので……」

「私はそれを解消したいのですよ。どちらかが攻め込み、滅ぶまで戦い続けるなんてそんな馬鹿げたことをやめたいのです。その第一歩としてあなたたちを我が家に迎えたいと思うのですがいかがでしょうか？」

「か、母ちゃん！」

「一つ、よろしいでしょうか？」

「何でも聞いていただいて結構ですよ」

「その昔、魔族を使用人として雇った貴族の話を聞いたことがあるのですが、その契約は実は隷属契約でボロ雑巾のようになるまで虐待して最後にはその魔族が死んだという話があります。アデル様が同じようなことをされないという保証はありますか？」

メルシャの目は真剣そのものだった。

「その保証なら簡単ですよ」

「えっ⁉」

「だって、別に私は無理やり働かせるつもりはありません。他の人族の使用人も雇用契約で働く時間を決めて、それ以上の労働時間になると別途賃金を上乗せする形を取っています。あなたたちに関しても同じ待遇で迎え入れようと思いますよ」

「ほ、本当ですか？　本当にいいのですか？」

「ええ……。あっ、メルシャさんは病気が良くなるまでは無理をさせないという文言も加えましょう。いかがですか？　私の下へ来ていただけませんか？」

俺がそこまで言うとメルシャの心は決まったようなものだった。

目から涙を流しながら頭を下げていた。

「ありがとうございます、アデル様。誠心誠意勤《つと》めさせていただきます」

そんな母の行動を見て、カインも同じようにする。

「アデル様、よろしくお願いします」

無事に話だけで済んで俺はホッとしていた。

でも、これもメルシャの病気がちゃんと治らないとあっさり崩れてしまう信頼関係だ。

だからこそ俺は魔力病治療のために必要なことを告げる。

「では、これからメルシャさんには治療のために、毎日魔力が尽きるまで西の森にある封印されしダンジョンに水魔法を放ってもらいます」

「はいっ！　……えっ？」

◇◆◇

カイン・アルシウスには半分人間の血が流れていた。

それが原因で魔国にいられなくなり、平穏を求めて死の大地を越えてきたのだ。

しかし、無理がたたり母メルシャは難病を発症してしまう。

なんとか住める場所を……と仮設の小屋を造り、隠れるように住んでいたのだ。

魔族と人間のハーフである自分に味方はいない。

そんな先の見えないトンネルを突き進んでいたときに彼はやってきた。

領主の息子、アデル・レイドリッヒ。

彼は自分たちが魔族であることを忌み嫌うどころか、そのことを知った上で雇うと言ってきたのだ。

しかも母の病気すらも治療することを約束して――。

彼が去っていった後の扉を見て、カインは思わず笑みをこぼしていた。

「変な奴《やっ》……」

それは一体いつぶりの笑みだっただろうか？

魔国でもここに来てからも笑った覚えがない。

もしかすると生まれて初めて心から笑えたのかもしれない。

カインの過酷な日々はこうして幕を閉じたのだった。

もし彼が現れずに母が死んでしまったら自分は人間を恨まずにいられただろうか？

そう考えると彼にはいくら感謝してもしたりなかった。自分の全てを懸けても彼の力になりたいと思えるほどに。


そして、やってきたのはおかしな日常である。

アデル様の側近として日夜勉強を続けているカイン。

貴族に仕えたことが全くなかったカインは言葉遣いを正すのに四苦八苦していた。

その一方で母メルシャが何故《なぜ》かダンジョンの入り口に向けて水の初級魔法を放ち続けている。

（あまり無茶はしてほしくはないのだけど――）

しかし、母の治療をすると言ったアデル様が無意味なことをさせるとは思えない。

魔法を使うたびに苦しそうな顔をする母の表情を見て不安に思っていた。

その様子が劇的に変わったのはこの生活を続けて一ヵ月が過ぎようとしたときだった。

「母ちゃん、最近顔色良くないか？」

「言われてみたら前みたいな息苦しさはないかも」

「アデル様に薬でももらったのか？」

「特に何ももらってないわね。毎日ダンジョンに水を放ってるくらいよ？」

（もしかしたら魔法を放つことが治療法だったのだろうか？）

そんな簡単なことで治ってしまうのなら今までの療養は一体何だったのだろう、と思ってしまう。しかし、病人にそのようなことをさせようなど、治療法がわかっていないうちにできるはずもないのも事実だった。

「あとはそうね。前と違って生活の心配をする必要がなくなったわね」

確かに人間の領地に魔族がいるというだけで命を狙われるのだ。

それに怯《おび》えつつ生活をするのはただそれだけで精神をすり減らしてしまう。

それが今ではどうだろう？

町を歩けばカインたち親子はダンジョンに水をかける変人扱い。

うん、あまり認識は変わっていないな。

思わずカインは苦笑を浮かべてしまう。

しかし命の危険はないということがあまりにも大きかった。

魔族とはいえアデルの家臣。

しかも、律儀にアデル様の命令を守って意味もないことをしているということで領民たちから同情され、普通に対応してもらえていた。

その分、意味のない命令を出しているアデル様の評判が下がってしまうのがなんとも心苦しいが、当人はそれを「勝手に言わせておけば良い」と鼻で笑っていた。

本当は絶望の淵《ふち》から自分たち親子を救ってくれた救世主なのだと声を大にして言いたい。

しかし、アデル様がそれを是としなかった。

「俺はただ自分のためにしていることだからな」

それだけしかアデル様は言わなかった。

どう考えてもアデル様にメリットなんてないのに……。

カイン自身は半魔族であるために人間よりは身体能力が高い。

それでもまだまだ子供である。

大人の兵と戦えば、弱い辺境の兵にすら一瞬で敗北してしまうだろう。

更にはダンジョンに水を放ってるだけのメルシャや未《いま》だに言葉の勉強がメインでろくに仕事を覚えていないカインにも満額の給料が支払われている。生活に困ることのないほどの額だ。

おそらくアデル様は本当に全種族が共存できる町を作ろうとしているのだろう。

差別が横行しているこの世界でそれがどれほど困難なことか、実際に差別を体験しているカインたちはよくわかっている。

でもそれを体現するために、自分の側近に他種族の者が欲しかったのかもしれない。

今日もアデル様は自室にこもって書物とにらめっこしながらブツブツと呟《つぶや》いていた。

その内容は今のカインではほとんど理解できない。

しかし、自分は側近。

アデル様の考えを理解し、それを行動に移せるようになって初めて一人前なのだろう。
そのためには今の自分ではまだまだ力不足。
せめてアデル様に襲いかかってくる敵くらい追い払えるようにしないと。
それからカインは執事のバランに剣を学びたいと告げた。
もちろんアデル様には隠れて――。

# 閑話　クリスの決断

アデルの父であるクリス・レイドリッヒは自分の息子であるアデルが生まれたとき、自身の跡継ぎが誕生したことをすごく喜んだ。

いくら本人の体が弱くあったとしても、だ。

だからこそアデルが六歳で流行病《はやりやまい》に倒れたときは必死だった。

近くにいる医者という医者に声をかけ、寄親《よりおや》であるランドヒル辺境伯にも力を借り、診てもらったのだが一向に良くなる気配がなかった。

それがある日、突然何事もなかったかのようにアデルが目を覚ましたのだ。

「アデル……、体はもう大丈夫なのか？」

「あっ……、えっと、はいっ？」

まだ記憶が混乱しているようだが、顔には血色が戻っており本人も苦しそうな様子はない。

はっきりと元気になったことがわかる。

ただ、それからアデルは部屋にこもりやたら本を読むようになっていた。

それこそ誰かが止めに入らないと一日中本を読んでいる。

しかもたまにクリスにすらわからない言葉を話していた。

つい先日までは可愛《かわい》らしい子供だと思っていたのだが、病《やまい》が回復して以降はずいぶんと大人びてしまった。

それこそ人が変わってしまったみたいに……。

――いや、私が信じないで誰が信じるんだ。どんなことがあっても私はこの子の味方になろう。

クリスはそう固く決心していた。

そう思っていたらアデルは突然バランにこの領地にいる軍のことを聞いてきたのだ。

ここは危険と言われる辺境地ではあるが、周囲には襲ってくるような敵地はない。

そのような事情と財政状況を鑑みてあまり駐在している兵はいない。

もしかすると何かの本で魔物とか魔族に襲われる物語でも読んだのかもしれない。

勇者伝説が書かれている本などは事実に基づいて書かれているためにそういった描写が比較的多い気もする。

そう考えるとまだまだ子供らしいところがあるんだな、と微笑《ほほえ》ましく思えてくる。

まもなくしてアデルは二人の魔族を従者として雇いたい、と言ってきた。

さすがにこれにはクリス自身も驚いてしまう。

でもアデルは当然のように「どうして魔族というだけで迫害されないといけないのですか?」と問うてくる。

確かに魔族の多くは好戦的で戦いこそ全て、というものが多い。

しかし、全員が全員そうかと言われると答えに困ってしまう。

そこまで魔族について詳しく知らないのだから。

普通とはまるで違う視点で物事を捉《とら》えてくるこの子は、神童と呼ぶに相応《ふさわ》しいのではないだろうか?

それならば今のうちから領主の仕事について学ばせるのも良さそうだ。

当然ながら結果には責任が付いて回る。

ただ、それを子供のアデルに求めるのは酷にも思える。

そう思っていたのだが……。

「もしこの二人が私の命に背《そむ》くようなことがあれば、私が責任を持って対処します」

自分が懸念していることを的確に解消してくる。

本当に大人びた考え方をする。

「そこまでして魔族を雇う理由はなんだ?」

正直まだまだアデルは幼い。それなのに必死に動こうとする理由を聞いてみたくなった。

すると、アデルは言う。

「これからこの領地を襲う事柄に対処するために必要なんです」

今のこの領地は平和そのものである。とても敵がいるとは思えない。

それでもアデルは敵に対する備《そな》えが必要だと言ってきているのだ。

――もしかすると私が見逃していることに気づいているのか？

昔のアデルならただの戯《ざ》れ言《ごと》に思えるのだが、今の大人びたアデルが言うのなら考慮するに値するものだった。

でも、そんな危機が迫っているのにわざわざクリスの判断を仰《あお》がないといけない状態だと対応が一歩遅れることになる。

この子なら他貴族に喧嘩《けんか》を売ったりとか酷《ひど》いことはやらないだろう。

「わかった。アデル、お前に領主代行の権限を与える。その未曾有《みぞう》の危機に対する備えに動いてくれ」

「ありがとうございます、父上」

与えた権力はかなり大きいものだが、所詮辺境の小さな領主の権限である。

大きなトラブルなど起こるはずもない。

クリスはそう確信を持っていたのだが、それはすぐに覆《くつがえ》されることになるのだった――。

「では、すぐに西の森へ出向こうと思います」

「任せ……えっ？」

さすがに聞き違いかと思ってしまう。

「西の森というと弱い魔物しか住まないけど、封印のダンジョンがある危険な地だぞ？　まさか封印のダンジョンまで行くとは言わないよな？」

「むしろそのダンジョンに用があるのですよ」

屈託のない笑顔を見せてくるアデルにクリスは早まった真似《まね》をしただろうか、と少しだけ後悔するのだった。

# 第2話　災厄の魔女の災厄

カインを仲間にできたこと、これは本当に幸運すぎる出来事だった。

『魔力病』は最大魔力量以上に魔力が回復してしまう病気で、過剰回復した分が悪性魔力となり肉体にダメージを与えてしまうというものなのだ。

さすがに完治させるための薬は簡単には手に入らないようになっているが、症状を緩和《かんわ》させるだけだったら簡単である。

要は魔力の過剰回復が原因なのだから、それ以上に魔力を使わせたら良《い》い。ただそれだけである。

そこで登場するのがダンジョン。

ダンジョンなら魔法を放ったとしても自然への被害はない。

ゲームでもどんな強大な魔法を放っても壊れないダンジョンは魔法が吸収されてるのでは、と言われていた。

つまりこの方法なら何にも影響を及ぼすことなく魔力を消費させることができるのだ。

その証拠に今ではメルシャの体調はずいぶんと良くなっているようだった。

そろそろ魔法を放つ回数を減らしても良いかもしれない。

メルシャの問題が解決へ向かったことを確認したあと、俺はそろそろ次の行動を起こそうと考えていた。

次に攻略すべき相手は西のダンジョンの奥深くに封印されている『災厄の魔女』だ。

彼女の封印を解《と》いた者に世界を破壊する力を授けると言われている魔女なのだが、ゲームでは邪《よこしま》な考えを持つ者が封印を解いたせいで悪側に付いてしまったかわいそうな人物なのだ。

彼女の場合は俺が封印を解きさえすれば問題は解決できるだろう。

ただ、問題はそこまで行く方法である。

ゲーム中で彼女の封印を解くのは魔族の中でも特に強大な力を持つと言われている四天王の一人である。

自身が魔王の座に就くべく力を欲した結果、魔女が封印されているかの地に目をつけたのだ。

魔女の力がなくてもゲーム中盤で主人公たちを軽く破るほどの実力を持つ魔族が軍を率いて、たくさんの犠牲を払った上で攻略せしめたダンジョンを、俺とカインのたった二人で攻略しないといけない。

通常ならばそんなことはまず不可能である。

しかし、どうやら俺に隠れて訓練しているらしいカインは大人顔負けの腕を身につけている。

さすがは急成長を遂げる悪役である。

この調子で力をつけてくれるならすぐにダンジョンに潜れる日が来そうだ。
その一方で俺の方は全く能力が上がらなかった。
「アデル様はしっかり成長されてますよ」
カインが励《はげ》ましてくれるが、自分の力は自分が一番わかる。
アデルは滅ぶことを前提に作られているキャラであるというのが目に見えてわかる。
それもそのはずで最大級の成長デバフがかけられているのだから。

アデル・レイドリッヒ
レベル：1
スキル：【成長率：－10】
魔法：【火：0】【水：0】【風：0】【土：0】【光：0】【闇：0】【回復：0】【時空：0】

カイン・アルシウス
レベル：3
スキル：【剣術：1】【采配：1】
魔法：【水：1】【闇：1】

メルシャ・アルシウス
レベル：10
スキル：【魔力暴走】【料理：2】
魔法：【水：5】【闇：2】

今の能力はこんな感じである。

これだけ見ると俺はチートキャラに見えるんだけど、適性があるだけで使えない魔法とかあっても仕方ないでしょ。

魔法レベルが0というのは、まだ使うことのできない魔法なのだ。

何かきっかけがあれば……、例えばゲーム中だとレベルアップで魔法レベルが上がったら使えるようになる、とかそういうものである。

実質あっても意味のない魔法ということだった。

ステータスが読みにくくなるだけとも言える。

更に成長率はマイナス。

さすがにこの能力だと封印されたダンジョンに挑むには全くと言っていいほどレベルが足りなかった……。

◇◇◇

それから更に一ヶ月が過ぎる。

既にメルシャの体は良くなっており、もうダンジョンの水やり《日課》はしなくていいのだが、三ヶ月間、毎日繰り返していたこともあり、自然と魔力が尽きるまで水魔法を放つことはやめられないようだった。

しかし、最近ではそれ以外に館の料理を受け持つようになってくれている。

かなり腕が良く、日々の楽しみが増えたのは予想外の幸運だった。

カインも順調に力がついているようで見出《みいだ》した俺も鼻高々だった。

そんな俺は一体何をしているかといえば……。

結局三ヶ月間毎日特訓をしていたにもかかわらず、一切《いっさい》能力が上がらなかったのでいっそ割り切って、封印のダンジョンを調べていた。

中に入らないとどんな魔物がいるかはわからないが、ゲーム内の記憶はあった。

このダンジョンにいたのはスケルトンやゾンビといったアンデッド系の魔物で『滅びた町』近くにあるダンジョンらしかった。

ただ最下層にいる魔女にはゲームのダンジョンの中では会えない。

それは主人公たちには封印を破る術《すべ》がなかったからだ。

実際に魔女と会えるのは、彼女が悪役として君臨するルートだけである。

全てを破壊する魔女として、主人公たちの前に立《た》ち塞《ふさ》がる彼女の姿は妙に色っぽくて、俺は彼女を見るために何周もしたのだった。

「でも、今の俺なら『災厄の魔女』を仲間にできるんだな。まだまだ先の話だろうけどな」

このダンジョンの推奨攻略レベルは20である。

ゆっくりしていられないが、成長に近道もない。

今はじっくり鍛えるしかなかった。

そんなことを思っていると、ダンジョンから、どこか『災厄の魔女』の面影《おもかげ》がある少女が出てくる。

黒のとんがり帽子を深々と被《かぶ》り、大きすぎる黒ローブに身を包んだ銀色の長髪の少女。

大きな樫《かし》の杖《つえ》を持ち、今は怒りの表情を浮かべながら杖を俺の方へと向けていた。

「お主か⁉　妾《わらわ》の家を水没させたのは！」

「いや、人の家を水没させた記憶はないが――」

「本当じゃな？」

少女はじっと俺の目を見てくる。

ただ、知らないものは知らなかった。

「もちろんだ。俺がしたのはせいぜいダンジョンに水魔法を放ったくらいだ」

「やはりお主が原因じゃないか⁉　妾はダンジョンに住んでたのじゃ‼」

少女は顔を真っ赤《まっか》にして両手をあげて怒ってくる。

しかし、未《いま》だに俺は少女がなんで怒っているのかいまいち理解できなかった。

「ダンジョンなら魔法を放ったところで勝手に吸収するはずだろ？」

「お主こそ何を言ってるのじゃ。そんな不思議な効果がダンジョンにあるわけないじゃろ」

「ちょっと待て。それじゃあ今このダンジョンの中は水で……」

「もう水浸しなのじゃ。妾の大切な本もベッドも食料もじゃ！　これから妾はどうやって暮らしていけばいいのじゃ⁉」

目を潤ませる少女。

この状況はまるで俺が泣かせたように見える。

というかそうとしか見えない。

しかも実際に水魔法を使わせていたとなれば俺に反論の余地はない。

「あー、それは本当に申し訳ない。こうなってしまったのは全て俺が悪かった。良かったらうちに来るか？　部屋を用意させるぞ？」

「いいのか？　ちゃんとこの耳で聞いたぞ？　撤回はなしじゃからな⁉」

少し早まったかな、とも思うが俺が原因で少女が困っているのなら手を差し伸べるより他なかった。

「当たり前だろ？　なら話は決まりだな。何か持っていくものはあるか？」

「全部水に沈んだのじゃ……」

「……本当にすまない。必要なものがあったら言ってくれ。可能な範囲で用意させるからな」

「わかったのじゃ！」

ようやく少女は笑顔を見せてくれる。

そういえばこのダンジョンには災厄の魔女がいたはずなのだが、どうしてこんな少女がいたのだろう？

魔女に子供がいたなんて話はなかったと思うが――。

「ところでお前、名前はなんていうんだ？　俺はアデル・レイドリッヒだ」

「妾か？　妾はシアーナじゃ。気楽にシアとでも呼んでくれればいい」

「シア……？」

確か災厄の魔女の名前がシアじゃなかったか？

「まさかとは思うがお前がダンジョンに封印された魔女っていうことはない……よな？」

「よくわかったのう。いかにも妾は沈黙の魔女シアーナじゃ」

シアはない胸を必死に張る。

どうして災厄ではなく沈黙と名乗ったのだろうか？

ゲームのように王国を破滅の危機に追い詰めていないから、まだ『災厄の魔女』と呼ばれていな

いのか。つまり、『沈黙の魔女』というのが本来の彼女の呼称なのだろう。

それにこの容姿……。シアの姿を見て思わず俺は頭を押さえる。

この少女がストーリー開始までに大人の女性に。……ないな。

「何を考えておるのじゃ？」

「ゲームと現実《ゆめ》の違いを嘆いてただけだ」

「……？　なんでも良いが行くぞ。もう妾は腹ペコじゃ。昼食を所望するぞ」

「うちの料理はとても美味《うま》いぞ」

「それは楽しみなのじゃ」

こうして新たな悪役キャラ、災厄の魔女たるシアがうちの家に居候することとなった。

「そういえばシアは魔女なんだろ？　大人になる魔法とか使えるのか？」

「そんな魔法はないのじゃ。でも、そうじゃな。相手に幻影を見せて大人のように思わせることくらいなら妾でも可能じゃな」

つまりゲームのプレーヤーは全員シアに手玉に取られていたわけだ。

……クソゲーじゃないか。

確かに攻略キャラではないが、偽《いつわ》りの姿のキャラを出すな！　心の中で悪態をつきながら俺はシアと共に館へと戻ってくるのだった。

「おぉ、大きい家じゃの。アデルはこんな良いところに住んでおったのか？」

館のエントランスに着くとシアが目を輝かせながら周りを眺《なが》めていた。

「一応この辺を治める貴族の嫡子、だからな」

「それは凄《すご》いのか？」

「凄いか凄くないかで言うなら俺自身は凄くないな。爵位を持ってるのは俺の父親だからな」

「そんなことありません。アデル様は私たちを救ってくれたではありませんか」

訓練が終わったのか、木剣を持ったままのカインが側に近づいてきて言ってくる。

「カイン、ちょうど良いところに来てくれた。メルシャに食事の用意とバランに部屋の用意を頼んでくれ」

「かしこまりました。早急に手配させていただきます」

カインは一礼するとそそくさと立ち去る。

すっかり使用人としての動きが様になってきたな。

その姿に満足しながら俺はシアを食堂へと案内するのだった。

◇◇◇

「美味い！　美味いのじゃ！　こんな美味い料理はもう数百年、食べておらんのじゃ」

「まぁ、お上手ね。そこまで喜んでもらえると作った甲斐《かい》がありますね」

メルシャが微笑《ほほえ》みながらシアの頭を撫《な》でていた。

シアは食べることに必死でそのことに全く気づいていない様子だった。

「そういえばあのダンジョンには魔物がいなかったのか？　シア一人だと表に出てくるのも大変だったんじゃないか？」

「どこかの誰かがダンジョンを水に沈めてしまったからな。もう妾以外に生きてる魔物はいないぞ」

「でもしばらくしたら魔物は復活するんだろ？」

「まぁ、水が引けば魔力を糧に自然と……な。今の状況だと無理じゃ」

それを聞いた俺は効率のいいレベルアップ方法を思いつくのだった。

◇◇◇

シアがうちに泊まるようになってから一ヶ月が過ぎた。

相変わらずカインは特訓漬けで、メルシャも完全に体調は良くなり、館の仕事を優先して日課のダンジョン水やりの回数も減っていた。

ダンジョン内に放った水が緩やかに吸収されていることに気づいたのはそんなときだった。

「やっぱり水は吸収されてるじゃないか！」

「当たり前じゃろ！　時間をかけたらいつかは土が吸収するものじゃ」

言われてみると確かにそうだった。

ダンジョンが吸収するのではなくて、土に浸透する。ここが現実であるなら当たり前の現象である。

「そろそろダンジョンの中は歩けそうか？　荷物を取りに行くなら手伝うが？」

「そうじゃな。まだ使えるものがあるかもしれんし、一緒に来てくれるか？」

「わかった。今、魔物はいないんだよな？」

「……誰かさんが水に沈めたせいでな」

シアがあきれた表情を見せてくる。

しかし俺は当たり前のように言い放つ。

「安全にダンジョンを探索できるいい方法じゃないか」

「突然家が水没した妾の気持ちにもなってみるといい」

「すまないと思ったから館に部屋を作らせたんだ」

「確かにおかげで妾もダンジョンで暮らすよりずいぶんいい暮らしをさせてもらってるしな」

ダンジョン内のマップはゲームで見たとおりのものだった。魔物がいないだけで。

だからこそ俺たちは迷わずに最短ルートを進むことができていた。

「なんでこんな迷路みたいになってるんだろうな？」

「妾を封印した奴《やつ》に聞いてくれ」

「そういえば封印解いてないのに出られたんだな？」

「水圧で壁の一部が崩れて、そこから出られたのじゃ。おそらく封印した奴もこんな風にダンジョンが沈められるなんて思わなかったから壁はそれほどの強度がなかったのじゃろう」

ゲームではダンジョンの壁は直接攻撃することはできなかったからな。

案外簡単に壊せるものなのかもしれない。

「まさか勝手に封印の間から出てこられるなんて、俺ですら驚いたからな」

「お主が言うな！　まぁ、部屋から出してもらったからとお主を吹き飛ばしてないんじゃないか」

「それもそうだな。災厄の魔女が本気を出せば俺くらい一瞬だろうからな」

「お主は何か勘違いしておるが、妾は別に災厄なんて引き起こしたことないぞ？」

確かにシアが災厄を引き起こすのはゲーム終盤である。

今の状況では何も引き起こしていないのだ。

「それならどうして封印されていたんだ？」

「ちょっと昔に魔王とやりあって、ここの近くを死の大地に変えたりしてたからな。魔族にも人間にも恐れられていたのじゃ。それでちょっと罠《わな》に嵌《は》められて……な」

「し、死の大地を⁉　……シアを罠にかけるなんて。よほどすごい罠だったんだな」

「あぁ、とても恐ろしいぞ。絶対に並ばないと買えない、数量限定の王都でしか買えないケーキが封印の部屋にあるなんて……」

「えっ？」

まさかそんなわかりやすい嘘《うそ》に騙《だま》されたのか？

「い、いや、それはち、違う件じゃ。妾が逃げられないほど大量の人間に囲まれた上に、転移魔法の罠を用意して妾をここに飛ばしたのじゃ。嘘じゃないぞ？」

とても言い訳がましく聞こえる。それに多少人に囲まれたくらいであれば、シアならあっさり突破できそうだしな。

「それじゃあ、封印の理由を作った人間を恨んでいた、とかは？」

「それがあったら今お主は生きておらんぞ？」

「だよな……」

やはりゲーム開始よりも相当前に部屋から出たことでキャラの性格も大幅に変わっているようだった。

ゲームのシアは、自分を封印した人間全てを憎んでおり、世界そのものを壊すために封印を解いた人物に手を貸すのだ。

もしかすると、ゲームには描かれていない別のきっかけがあったのかもしれない。

ただ、調べようのないことなので気にとめる程度にしておくしかない。

「ついたぞ。何を持って帰るんだ?」

「本……はダメじゃな。魔道具の類《たぐ》いと衣服あたりか?」

「魔道具?」

そんな装備品はなかった気がするが?

『アーデルスの奇跡』にてキャラクターが装備できるのは、両手の武器、帽子、服、手袋、靴、あとはアクセサリーの類いである。

もしかしてアクセサリーなのかと思ったらシアが見せてきたのは、巨大な宝石が付いた杖だった。

「おいおい、そんな何本も杖が必要なのか?」

「それぞれに魔法属性を高める効果があるのじゃ。例えばこれなんかは水属性を上げることができるぞ? まぁ元々適性がないと使えない代物《しろもの》じゃが」

シアが見せてきた杖を試しに手に取ると俺は何も考えずにその場で魔法を使う。

「水よ、呼びかけに応え、かのものを追い払え! 水の玉《ウォーターボール》」

「あっ、ちょ、バカ!!」

止めようとするシアをよそに俺の放った水の弾はそのまま彼女をびしょ濡《ぬ》れにしていた。

まさか本当に魔法が出るとは……。

どうやらこの魔道具が水属性の魔法レベルの数値を上げているのは間違いないようだった。

「あーでーるー。妾に何か言うことはないのか？」

「この杖いいな。俺にくれ！」

「ちっがーう!!　妾をこんなびしょ濡れにして。なんだ、お主は好みの女を濡らしたい願望でもあるのか!?」

「すまんな。お前は俺の守備範囲外だ」

いくら俺自身がまだ六歳とはいえ、前世の記憶を引き継いでいる。

同世代よりやや年上とはいえ見た目が完全なロリはお断りだった。

「そうじゃなーい!!　別に言うことがあるじゃろ！」

「すまん。……これでいいか？」

「もう良い。お主にも何か事情があったのであろう？」

「あぁ、色々とな。まさか本当に魔法が使えると思ってなくてな。他にもこれと同じような魔法の属性を上げる魔道具はあるのか？」

「これと治癒属性だけじゃな。そもそもこの魔道具は相当高価なのじゃぞ!?　そう簡単にやるわけには――」

もう一つは指輪に宝石が付いたものだった。

「でも、お前には必要ないんじゃないか？」

「確かに妾ほどの力を持つとこんな微々たる上昇値、ほとんど効果がないな」

「お前に必要ないゴミなら俺がもらっておいてやるよ」

「はぁ……、仕方ないな。その代わりにこの荷物を運んでくれ」

いつの間にか鞄《かばん》いっぱいに荷物が詰められていた。

しかし、念願の魔法が使えることを考えたらそのくらい造作もなかった。

◇◇◇

シアから魔道具の杖をもらってから三ヶ月。

俺はメルシャのように毎日ダンジョンに水魔法を放っていた。

唯一の違いは側にシアが控え、魔物の全滅を確認するたびに復活させてくれていることだった。

その甲斐もあって俺のレベルはついに上がったのだった。

アデル・レイドリッヒ
レベル：2
スキル：【成長率：-10】
魔法：【火：0】【水：1（+1）】【風：0】【土：0】【光：0】【闇：0】【回復：0】【時空：

「妾は何をしてるんじゃろうな？　ここは妾の家なのに……」

「簡単にレベルが上がるならやるだろ？」

「お主はそうでも妾のレベルは上がらんのじゃ!!」

確かにシアからしたらあまりメリットはないだろう。

それでも律儀に付き合ってくれるのだからとてもありがたい。

そんなことを思っていると屋敷《やしき》からカインが急いでやってくる。

「アデル様!!　隣の領地よりフレア様が来られるそうです！」

ちょっと待て!?　フレアだと!?　彼女が来るのは早すぎる。

破滅フラグの原因の一つが突然来訪すると聞き、俺は驚きを隠しきれなかった。

「わ、わかった。すぐに戻る」

## 第3話　聖女と邪神

聖女フレア・ラスカーテ。

人々に信仰されている彼女にもこの領地を滅ぼすルートが存在している。

ゲームを開始してからしばらくすると、突然彼女がこの領地へやってきて、大爆発を引き起こして町が吹き飛ぶのだ。

実際に爆破される側からしたらこれほど酷《ひど》いイベントはない。

でも、彼女がこの領地に来るのは稀《まれ》で、しかもストーリー開始後のはず。

なんでこんなに早く来たんだ？

その際に彼女はこの領地の異変を調べに来ている。

異変……。

「あっ⁉」

もしかすると彼女は俺がカインやシアを仲間に引き入れたからやってくるのだろうか？

それとも俺自身のレベルが上がったからだろうか？

ゲームと違う異変と言えばその二つのどちらかだった。

それにどうやって領地全てを爆破するのかも気になるところである。

いくら弱小貴族とはいえ、領地自体はそれなりの広さがある。

それを一人の少女が爆破するのは無理があるはず。

協力者がいるのか、それとも何かとんでもない能力の持ち主なのか。

それがわからないことには対策の打ちようがなかった。

とにかく手遅れになる前に行動をしないと。

俺とシアはカインの後を追って、急いで館へと戻った。

◇◇◇

館へ戻ってくると既にフレアは客間に通されていた。

純白のローブに身を包んだ優しそうな垂れ目《ため》の少女。

見るからに聖女然としている。

年齢は俺より少しだけ上だろうか？

金色の長い髪をしており、赤目でとても整《ととの》った顔立ちをしていた。

そんな彼女は父クリスと楽しげに会話をしていた。

「アデル、戻ってきたか。こちらがラスカーテ子爵の次女、フレア・ラスカーテ様だ。聖女のお務《つと》めのために様々な領地を見回っているらしい。ちょうど歳《とし》の近いお前が案内した方がフレア様にとっても良いかと思ってな」

「はじめまして、アデル様。フレア・ラスカーテと申します。このたびは突然の来訪にもかかわらずご丁寧な対応、まことにありがとうございます」

「これはご丁寧に。私はアデル・レイドリッヒと申します。何もない町ですが、精一杯案内できるように努めさせていただきます」

二人して頭を下げる。

そのあと満面の笑みを見せてくるフレアに思わず俺は息をのんでしまう。

しかし、それも一瞬ですぐに俺自身も作り笑顔をしていた。

「では早速町の方を案内させていただきますね」

「はい、よろしくおねがいします」

◇◇◇

フレアと俺、あとはカインとシアを乗せた馬車が町の方へ向かって走っていた。

本来なら馬車など使うことはないのだが、さすがに要人たるフレアを歩かせるわけにもいかず、滅多に使わない馬車を借りていた。

どうしてカインとシアが乗っているのかといえば、もちろん俺の護衛を務めてもらうからだ。剣で相手をするなら大人顔負けのカインがいればどうにかなるし、魔法なら災厄の魔女たるシアに勝てるものはいない。

しかも二人とも見た目はまだ子供……と言うとシアは怒るが、そういった事情もあり俺の側に付いていても違和感がほとんどなかった。

「フレア様は聖女様であらせられるのですね」

「お恥ずかしながらまだ見習いの身ではあるのですよ。それでも私の力が少しでも皆さんのお役に立てば、と思って色んな土地を訪ねて見識を広げているのです」

フレアは一切《いっさい》表情を変えることなく笑顔のまま答える。

「すごいですね、聖女様って。やっぱり人を癒《いや》す回復魔法を――」

「っ⁉」

一瞬フレアが強く唇を噛《か》み締《し》めていることに気づいた。

しかし、それもすぐに笑みに変わり俺の見間違いかと思ってしまった。

「いえ、私なんてまだまだです。修行中の身ですから……」

「魔法は私も最近になってようやく使えるようになったところなのですよ」

「ぜひその話を詳しくお聞かせ願えれば――」

フレアが身を乗り出して聞いてくる。

しかし、そのタイミングで馬車が止まる。

話が中断されたことをフレアは残念そうにしていた。

「ここが町の中央ですね。とはいえあまり栄えているところではありませんからお店らしいお店もないのですが」

王都などとは違い、建物が密集しているということはなく、ポツポツと家がある程度。

元々は農業と狩りで生計を立てている領地であるが故にお世辞にもその暮らしぶりは良くない。

それでもそれほど人が多くないためになんとか生活していける。

「そんなことありませんよ。穏やかでとても自然を大事にされてるんだなって思います。人々も活気に満ちてますしギスギスした感じがないのがいいですよ」

「確かにこんな町ですから人々が助け合わないと生きていけないのです」

それからしばらく町の中を見て回ったのだが、フレアは特に変わった動きを見せることなく一日目は終了した。

◇◇◇

その夜、俺の部屋をシアが訪ねてくる。

事前にシアにはフレアに限らず、来訪者の動向を注視しておくように伝えてある。

そして何かあれば即座に俺に連絡するようにと……。

おそらくフレアのことで何かわかったことがあるのだろう。

「夜這《よば》いか？」

「そんなわけないのじゃ！」

「冗談だ。フレアのことだろう？」

「あぁ、鑑定魔法を使っておいたぞ。とはいえ妾《わらわ》がわかるのは魔法適性だけじゃ。でも、中々面白いことがわかったぞ」

にやりと微笑《ほほえ》むシア。

彼女の情報を元に俺はフレアのステータスを脳裏に描いていた。

フレア・ラスカーテ
レベル：5
称号：【邪神に愛されし者】
スキル：【精神異常：1】
魔法：【光：0】【闇：3】【回復：0】

「邪神……か」

どうやら彼女が領地を爆発させる理由に邪神が絡《から》んでいるようだった。

◇◇◇

『アーデルスの奇跡』の敵の中に邪神という存在はいない。

作中には邪神信仰という教団がいくつも存在しているが直接手を下してくるのは人である。

神はあくまでも概念の存在、というのがこのゲームの設定であった。

つまり、フレアが邪神の加護を受けていたとしても邪神自体がこの領地を吹き飛ばすことはない。

「闇魔法で爆発を引き起こすものってあるのか？」

「妾が知ってる限りだとないな」

「つまり火魔法以外で爆発を引き起こせるものはないのか」

本来爆破系魔法は火属性のものである。

しかし、爆発聖女のフレアに火属性はなかった。

何か別の原因があると考えるのが自然だろう。

「そうとも言えんな。魔法適性がマイナスなのに無理に魔法を使おうとすれば大爆発を引き起こす、と言われておる。マイナス適性なんて奴《やつ》がおらんから確認をしたことはないけどな」

シアが笑い声を上げる。

そもそもゲーム内でも属性レベルを上げたら下がることはない。

それは大体のＲＰＧで共通してるだろう。

ただ、そこに違和感を覚えた。

聖女というのは光や回復魔法を一定以上上げたときに就くことのできる役職である。

それなのにどうして聖女であるフレアの光と回復適性が０なのか。

そこに疑問しか浮かばなかった。

元々使えていたけど、邪神絡みのイベントでレベルが下がった可能性があるのでは？

「はぁ……、なるべく危険には近寄りたくはないんだがな」

しかし、このアデル・レイドリッヒが必ず破滅するように、フレアが必ず爆発を起こしてその命を落とすような定めなのだとしたら、それは救ってやりたいと思う。

だってここは現実でゲームに振り回される謂《いわ》れはないのだから。

◇◇◇

翌日、俺とフレアは二人で町を見て回ることになった。

とは言え大声を出せばすぐに駆けつけてくれるような位置にカインたちはいるのだが。

今日やってきたのは町の北側。

死の大地と呼ばれる荒野の近くである。

植物はほぼ生《は》えず、砂埃《すなぼこり》が舞う砂漠化しているその場所はまともに生命の息吹を感じない。

人がほとんど来ない場所になるので、悩み事があるのならここ以上に聞きやすい場所もない。

いざというときは「風の音で聞こえなかった」という裏技を使うことでフラグ回避もできる。

それにもし爆発フラグを立ててしまってもここならばそれほど被害が出ない。

近くにあると言えば以前カインたちが暮らしていた家くらいだ。

「ここは寂しい場所ですね」

「生き物がまともに生きていけないと言われている地ですしね。あまり遠くに行くのは危険ですよ」

「わかりました。気をつけますね」

「ただ、ここには人が来ません。言いにくいことがあるようでしたら、私の胸の内に秘めておくこともできますがいかがでしょうか？」

フレアは驚いて俺の目をじっと見ていた。

「いつからお気づきで？」

「昨日何か話したそうにされてましたから、もしかしたら他の人には聞かれずに私に話したいことがあるのでは、と思ったのですよ」

「凄《すご》い人なのですね、あなたは。それに比べて私は……」

フレアは顔を俯《うつむ》ける。

やはり何か相談したいことがあったようだ。

ただフレアは言い淀《いよど》んでいる。

「言いにくいようでしたら無理に今話さなくてもまたいずれ、ということでも――」

「いえ、次はいつ来られるかわかりませんので。その、私の悩みというのは魔法のことなのです」

やはり思っていたとおりの悩みだった。

「それはもしかして光魔法や回復魔法について、とかですか？」

「やはり気づかれていたのですか……」

「昨日、そこで言葉に詰まってたみたいですので」

フレアは観念したように口を開く。

「私、聖女なのに光魔法と回復魔法が使えないんですよ。そのことを悩んでまして……」

「元々使えなかったのですか？」

「いえ、昔は使えてたんですよ。それなのに突然使えなくなってしまって……」

つまりそのタイミングで邪神の加護をもらってしまったということなのだろう。

さすがにゲーム外のことはまるで見当がつかない。

「そのときに何か変わったことをされましたか？」

「特に何も……。あっ、誰かに会った気も……」

首を捻《ひね》って考えていたが、誰に会ったかまでは思い出せないようだった。

「なるほど、その人が何か知ってるかもしれないですね」

「それが誰に聞いてもその人のことは知らないと言うのですよ。それで私、どうしたら良《い》いかわからず……」

「あぁ、それで私に会いに来たのですね」

「ええ、この領地の嫡子が突然魔法を使えるようになった、という風の噂《うわさ》を聞きまして飛び出してきちゃいました」

おそらくフレアがこの領地にやってくるフラグが、俺自身の成長ということなのだろう。成長の目は潰そうという悪意すら感じてしまう。

もっともフレアはまだマイナスレベルの魔法属性レベルではないために大爆発は引き起こせそうになかったが。

「もしよろしければ、あなたがどのようにして魔法の腕を上げたのか、お聞きしてもよろしいですか？」

「かまいませんよ。でも単なる反復練習ですけど……。あっ、それなら実際にフレア様もされてみますか？　私のやり方ならもしかしたらまた使えるようになるかもしれませんし」

「よろしいのですか？　それならぜひやってみたいです」

「わかりました。それならこれを差し上げますね。着けてもらえますか？」

俺が差し出したのは指輪型の魔道具。

その効果は回復の魔法属性レベルを上げてくれるものだ。

「よろしいのですか？　これは貴重なものじゃ……」

「構いませんよ。それでフレア様の魔法が使えるようになるのなら――」

「えっ⁉」

フレアは思わず言い淀む。

その顔は真っ赤《まっか》に染まっていた。

今まで聖女としての自分にプレゼントを贈ってくる相手はたくさんいた。

しかし、本気でフレアのことを考えたプレゼントはこれが初めてだったのだ。

「ありがとうございます。大切にしますね……」

左手の薬指に着けた指輪を大事そうに触れる。

その様子を見た俺は、この世界では普通に左の薬指に指輪を着けるんだ……、なんてことをぼんやり考えていた。

「ではここからひたすら回復魔法を使ってください。魔力が尽きるまで」

「えっ⁉　で、でも、回復魔法は誰かの傷を癒す魔法でここに怪我人《けがにん》は――」

「それはこうしたらいいですよ」

俺は短剣で自分の手を少し切った。

◇◇◇

フレア・ラスカーテは元々このレイドリッヒ領には期待していなかった。

確かに魔法が突然使えるようになった事例を調べていたと言うのは嘘《うそ》ではない。

しかし、それができるようになったアデル・レイドリッヒなる人物の名はこれまで聞いたことがなかったのだ。

おそらくはろくな情報は持っていないであろう。

それでも藁《わら》にもすがる思いでこの領地へとやってきた。

実際に蓋《ふた》を開けてみるとその人物は想像していたのとはまるで違った。

人のために自分の身すら差し出すのも厭《いと》わない聖人。

それでいてとても心優しい人物であった。

いままでそんな相手と出会ったことがないフレアはとても新鮮に感じ、それと同時に自分の考えを改めていた。

聖女と呼ばれている自分にアデルと同じことができるだろうか？

恐怖が勝ってしまい、どこかで躊躇《ためら》ってしまうと思う。

実際に光魔法や回復魔法が使えなくなったとき、人を癒せなくなったことよりも聖女でいられなくなることに焦《あせ》りを感じてしまったのだ。

そんな自分をアデルは信じてくれた。

必ず回復魔法を使えるようになると信じ訓練のためにその身に傷を負ってくれた。

そこまでしてもらったにもかかわらずフレアはやはり回復魔法が使えなかったときのことを考えてしまう。

すると、アデルはそんなフレアを慰《なぐさ》めようとしたのか、怪我《けが》をしていない手でフレアの手を握ってくる。

「フレア様ならできますよ。自分を信じてください」

血が流れ、本当なら痛みを感じてるはずのアデルはフレアを勇気づけようと精一杯の笑顔を見せていた。

まるで自分は失敗しないと知っているかのように。

そこまで信じてもらっているのだから自分もいつまでも躊躇っているわけにはいかない。

覚悟を決め、しっかりと前を見据《みす》えて、回復魔法を使う。

「癒しよ。我が呼びかけに応え、かのものらに癒しの祝福を。回復《ヒール》」

魔法を唱えた瞬間に自分の体から魔力が抜ける気配は感じる。

しかし、恐怖から本当に魔法が使えてるのか見られずにギュッと目を閉じていた。

「大丈夫ですよ」

「アデル様……」

アデルの言葉に反応してフレアは目を開ける。

するとと、先ほどまでとめどなく流れていた血はピタッと止まり、何事もなかったように傷が塞《ふさ》がっていた。

「成功ですね」

「嘘っ……」

色々と魔法を復活させる方法は試したのだが、効果があるものはなかった。

もう使えないのかと諦めつつあった回復魔法がこうも簡単に……。

思わずフレアの目から涙が流れる。

「もう二度と使えないかと思ってました……」

「そんなことないですよ。魔法の適性はあるのですから、しっかり鍛えたら使えないことはないです」

「でも、急に使えなくなりましたから……」

「それが不思議なんですよね。根本的な問題を解決しないことにはフレア様の回復魔法と光魔法の問題は続きそうですし」

自分のこと以上にアデルはフレアのことを考えてくれている。そのことがたまらなく嬉《うれ》しかった。

「ありがとうございます。アデル様のおかげで私……、私……」

「とりあえずあと何度か試しておきましょう」

「で、でも……」

回復魔法を試すということはアデルを傷つけてしまうということに他ならない。

「このくらいなら大丈夫ですよ。フレア様が治してくださいますもんね」

「も、もちろんです。アデル様が傷ついたときは私がすぐに治します！」

「それなら、もう何度か試しておくべきですね」

「それでもこれ以上アデル様が傷つくところは見たくないです……」

「このくらい平気ですよ。これは治る傷なのですから」

暗い表情を見せるアデル。

今の傷とはなにか別のことを思い出しているのが見て取れた。

――もしかして、私がこのまま回復魔法を使えなくなることを悲しんでくださってるのかしら？

現状だとそれしか考えつかない。

そもそもアデルがこうして手を貸してくれなかったらどんなことになっていたのか……。

そのうち犯罪紛《まが》いな手段にまで手を伸ばしていたであろうことは想像がつく。

それを案じてくれているのだろう。

――とっても優しくて不器用な方……。

回復魔法の特訓なら自分が傷つかなくても辺境ならば仕事で擦り傷を負う人がいくらでもいるだろう。

でも、フレアがこのことを隠したがっているとわかっているからこそアデルは自分が傷つくことを選んだ。

そんな彼の優しさに自分はどう応えられるだろうか？

フレアは自問自答しながら魔力が尽きるまで回復魔法の特訓をするのだった――。

◇◇◇

いってぇぇぇぇ！

俺は何度も短剣を刺した自分の手を見て思わず顔を歪《ゆが》めていた。

今ではもう傷一つなく治療されているが、体験した痛みは残ったまま。

それでもフレアに回復魔法のレベルを上げさせたことには大きな理由があった。

それは彼女自身が爆発を引き起こそうとしていたわけではないということ。

そうなるとおそらくこの領地を爆発させた原因はマイナスレベルになった魔法を使おうとしたから。

何をしてフレアのレベルを下げたのかはわからない。

しかし、大方の見当はついている。

「聖女って確か大神殿からの認定を受けて襲名されますよね？」

「そのとおりです。実力を示して任命される場合と、天啓によって襲名される場合の二種類があります。私は後者でしたが」

「なるほど……。もしかして先ほど仰《おっしゃ》っていた知らない人というのはその大神殿の関係者に紹介された人なのかもしれませんね」

「そういえば確かに大神殿の神官長に紹介された人……のような気も――」

「やっぱり……」

実は大神殿の上層部は腐っている。

賄賂《わいろ》が横行し、富裕層ばかり優遇され、本当に治療をしてほしい貧困層は全く回復魔法を受けることができなかったのだ。

そのことをすっかり俺が忘れていたのには理由がある。

大神殿上層部の小悪党はストーリー中盤に邪神への生《い》け贄《にえ》にされ殺されてしまうのだ。

真実を語ることなく「どうして我々が……」という言葉だけを残して。

彼らが語らなかった真実の中にフレアの光や回復属性をレベル0にしたことがあったのだろう。

ろくにストーリーに絡まないキャラだからこそまともに語られなかったということだ。

「どういうことでしょうか？」

「大神殿の上層部は信用できないものが多い、ということです」

「そ、そんなことありませんよ。皆さん信用できる良い方々で――」

「もしかしたらフレア様のその症状、その上層部の人たちが原因かもしれないのですよ」

「ま、まさかそんなことが……」

「あくまでも可能性の話ですから頭の片隅にでも置いておいてもらえるとありがたいです、何かあってからでは遅いので」

「……わかりました。私はそんなことないと思いますけど、用心させていただきます」

これでフレアは大神殿上層部へ目を光らせてくれるだろう。

奴らもそう簡単にフレアの魔法レベルを下げたりはできなくなり、その結果この領地が滅びるフラグが一つ減ってくれる。

危険なランダムイベントがなくなるのは大きい。

こうして突然訪れた危機的状況は去ってくれるのだった。

「あの……、またアデル様に会いに来ても構いませんか？」

顔を真っ赤に染めながらフレアは聞いてくる。

別に断る理由もないし俺は頷《うなず》き返していた。

「もちろんですよ」

「ありがとうございます。また必ず会いに来ます」

そういうとフレアは手を振ってレイドリッヒ領を去っていった。

◇◇◇

「はぁ……、疲れた……」

フレアを見送った俺はどっと疲れが出て、部屋でくつろいでいた。

やはりいつ爆発するかわからない爆弾が側にあると考えるとその心労は相当なものだった。

「お疲れ様です、アデル様」

「カインか。ちょうど良かった。何か変わったことはあるか？」

「いえ、依然として北の魔族たちは動く気配はありません」

魔族であるカインなら突然襲われることもないだろう、と北の死の大地方面を警戒してもらっている。

俺の破滅に関わることである以上、ここの手を抜くつもりはなかった。

「アデル、森も静かだったぞ」

「シアもありがとう。あの森を平然と歩けるのはシアだけだから助かるよ」

「うむ、もっと頼ってくれても良いのだぞ」

シアはない胸を張っている。

「それならもし魔族軍か森の魔物たちが襲ってきたら追い払ってもらえるか？」

「妾一人で追い払えるはずないだろう？　せいぜい半分が限界じゃ」

「半分も追い払えるんだな……」

さすがラスボス級の魔女だ。

見た目とは違い、その能力は既にどのキャラよりも圧倒的である。

ただその彼女がいたとしても西と北からの侵攻は現状では手の打ちようがない。

侵攻してくる気配があればその原因を即行で取り除く必要があるのだ。

「西と北が大丈夫なら他の貴族たちがちょっかいを掛けてくる前にまずは領地を整えるところから始める必要があるな」

「ないない尽くしのこの辺境のどこから手を加えるんじゃ？」

「とりあえず直近の食料事情はどうにかなる。金も少ないながらも全くないわけではない。そうなるとまず必要なのは軍備だ」

「しかし、まともな兵を雇うのは金がかからんか？　それに目立ちもする」

「わかってる。そこで俺が目をつけてるのは盗賊だ。ちょうどこの近くにとある盗賊団が隠れているという情報がある」

もちろんその情報はゲーム内のものなのだが、厄介な大盗賊団の隠れアジトが『滅びた町』のすぐ側にあったのだ。

しかも彼らが盗賊になったという理由が汚職まみれの国に見切りをつけて、なんとか暮らしていくために身を落とすしかなかった、というものだった。

それならば俺の仲間になってくれる可能性は十分に考えられる。

「わかりました。その代わりに護衛として私も同行させていただきます」

「もちろんだ。シアも一緒に来てもらうからな」

「んっ？　その盗賊を燃やし尽くせば良いのじゃな？」

「何もせずに俺の指示にだけ従ってくれたら良い。それ以上のことはするな！」

ややや不安な要素を抱えながらも次の方針を決めるのだった。

# 第4話　騎士の来訪

盗賊のアジトは東の街道を少し進み、途中で北側に山脈が見えてくるその先にあった。

道中は厄介な魔物も多く、一人ではまともに向かうこともできない。

「こんなものでいいかの？」

「助かるよ、シア」

しかし、厄介程度の魔物がシアに敵《かな》うはずもなく、その悉《ことごと》くを倒してしまう。

そんな先へ進むとようやく見えてくる隠れ家的な集落……のはずだが？

「あ、あれっ？」

俺の記憶では田畑があり、動物が飼育され、ここで生まれ育った人がいるほどに成長していた村だった。

しかし、今は何故《なぜ》か家が三軒ほど建てられているに過ぎなかった。

「ちっ、もう追っ手が来やがったか」

大盗賊とまで言われた男は苦虫を噛み潰したような顔をする。

ボサボサに伸びた茶髪と雑に伸びた無精髭《ぶしょうひげ》、鍛えた体つき、強面《こわもて》であり、今は殺気を俺たちに向けている。

ゲームで見た姿よりやや粗野に見えるのは、ここに隠れ住んで日が浅く、身なりを整《ととの》える余裕すらなかったのだろう。

馬車に乗ったままでは礼を欠いてしまう、と俺は馬車から降りる。

最初は友好的に笑顔を振り向けて丁寧な口調で対応する。

「初めまして、盗賊さん」

「なんだ、ただのガキか。驚いて損したぜ」

男は安堵《あんど》の声を上げながら周りにいる男たちに視線を送っていた。

大方身なりの良《い》い俺を捕らえて身代金《みのしろきん》を要求しようとでも考えているのだろう。

「できれば野蛮なことはしたくないのだが……」

「悪いな。坊ちゃんには恨みはないが、生活するにも金が必要でな。恨むなら貴族に生まれたその身を恨むんだな」

男たちは剣を抜く。

盗賊の持ち物というには綺麗《きれい》に磨《と》がれている剣である。

そんなところまで見ている余裕があるのは当然ながら俺の側にはカインとシアが付いているからである。

「わかりました。カイン、殺さない程度に相手を頼んでもいいか?」

「もちろんです」

カインも剣を抜き、盗賊二人と相対する。

「アデル、妾《わらわ》は何をしたらいい？」

「殺さずにあの男を捕まえることができるか？」

「なんじゃ、そんなことか。ほれっ、これでいいんじゃろ？」

シアが指を鳴らすと突然近くの木のつるが伸び、男を拘束してしまう。

「うぐっ、な、なんだこれは――」

「ただの拘束魔法じゃ。この程度も解《と》けないのか？」

必死に男はもがいているがまるで逃げ出せそうになかった。

そんなことをしているうちにカインが他二人の男を倒してしまっていた。

「アデル様、終わりました」

「ありがとう、カイン。シア、向こうの二人も拘束を頼む」

「妾に任せておけ」

あっという間に男たち三人はつるで拘束され、その場に寝かされてしまった。

「……殺せ。それだけの力、俺たちに油断を誘うために派遣された追手だったんだな。油断した俺たちの負けだ」

「別に追っ手というわけではないのだがな。お前が話を聞いてくれないから仕方なく拘束したまでだ」

俺は視線を男へと向けながら話す。

いつでも殺されるその状況に観念したのか、男はようやくまともに話を聞いてくれる。

「それで俺たちに一体なんの用だ？　俺のことを盗賊と呼ぶくらいだ。ちょっとはこちらのことも知っているのだろう？」

「元々王国の騎士を務《つと》めていたランデルグ・バルダス。不正が蔓延《はびこ》っている貴族社会に嫌気が差して騎士団を抜け出し盗賊団を結成する……」

「おいおい、盗賊団なんて結成してないぞ？　確かに生活をするためにはそれしかないと話していたところだが、襲ったのはお前たちが初めてだ。その結果、こうして捕まってしまったがな」

それは俺からしたら逆に好都合だった。

「生活に困ってるのか？」

「当然だろう？　騎士団から逃亡したんだ。追っ手が来てもおかしくない」

「そこまでして逃亡する必要はなかったんじゃないか？」

「そうはできん。あんな奴《やつ》らのために剣の腕を磨《みが》いたのじゃないからな」

「それでお前が上に立つのか？　その結果やることが盗賊ならお前が嫌がった貴族たちと同類じゃないのか？」

「ち、違う！　俺たちは余った金は貧しい奴に渡そうと……」

「確かにそれで一時的に飯が食えるかもしれないな。でも、お前が言ったとおりこの国は上が腐っている。そんなもの、気休めにもならないぞ？」

俺の言ったことはランデルグも感じていたことなのだろう。

彼はそのまま口を閉ざしてしまう。

「真に民を救いたいと思うなら俺の下へ来い！　今すぐには無理だが、将来的に必ず腐った貴族のために民が泣かなくていい世界を見せてやる」

もちろんその世界を作るのは俺ではなく主人公だ。

ゲームをクリアすると腐った王権は倒れ、主人公たちを中心とする平和な世界へと変貌《へんぼう》する。

俺はただその時まで破滅を回避して隠れ住めばいいのだ。

それはこのランデルグも同じである。

腐った貴族社会が嫌ならば盗賊などせずに手頃なところに就職して時を待てばいいのだ。

それなら途中で討伐されるなどということもない。

気がついたら平和な世界へ変わっているということだ。

「それはあなたが見せてくれるということか？」

「あぁ、そうだ。そのために俺は力を蓄《たくわ》えている。お前の統率力も貸してほしい」

俺が手を差し伸べる。

「おっと、それだと手を摑《つか》めないな。シア、ランデルグの拘束を解いてくれ」

「良いのか？　突然襲ってくるやもしれんぞ？」

「そのときは俺の見る目がなかったということだ。でもこいつはそんな奴じゃない。俺はそう信じてる」

シアが拘束を解く。

そして、俺は再び手を差し伸べていた。

「もしお前が約束を違《たが》えるような奴なら即行裏切るぞ？　いいのか？」

「当たり前だ。お前の人生なのだから他人は有効に使うといい。俺もお前を使わせてもらうだけだ」

「くくっ、中々面白い奴だな。わかった、俺の持てる力を貸してやる。その代わり俺たちの生活を保障してくれるんだな？　これでも逃亡騎士だぞ？　下手すると王国から睨《にら》まれるぞ？」

「ここは辺境だからな。睨まれたところで怖くない」

俺としてはそれよりも破滅フラグが発生する方が怖い。

勝手に滅びる王国は放っておくだけだ。

「ランデルグ・バルダス。元騎士団所属の今はただの流浪人だ。これからよろしく頼む。それでそこに転がってる二人は俺に付いてきた騎士見習いのバルトとラングだ」

「俺はアデル・レイドリッヒ。ここ辺境の地の領主の息子だ。よろしく頼む」

俺とランデルグはガッツリと熱い握手を交わすのだった——。

◇
◇
◇

大盗賊の長であるランデルグ・バルダスは元々王国騎士であった。

騎士爵の五男に生まれ、それなりに腕が立ち将来を有望視されていたのだが、どこへ行っても賄《わい》賂《ろ》、賄賂。

賄賂がないとまともに出世すらできないその現状に嫌気が差し、騎士を辞め、貧困に喘《あえ》ぐ人を救うべく辺境の地で小さな集落を作ろうとしていたのだ。

全ての人が人間らしく生活できる場所を。

しかし、そのためにはやはり金が必要になる。

八方塞《はっぽうふさ》がりの状況のときに現れたのが彼、アデル・レイドリッヒである。

名前も聞いたことがない相手。

本人が言うには辺境に領地を構える弱小貴族らしい。

貴族に反発した自分が貴族に仕《つか》えるなんて甚だおかしいことである。

しかし、彼は言い放ったのだ。

「真に民を救いたいと思うなら俺の下へ来い！」

その言葉は暗い洞窟の奥底にいたような心のランデルグに希望の光を見せるには十分すぎる輝きだった。

そこで初めてアデルの顔を見る。

まだまだ成人にも満たない、それも六歳ほどの子供である。

それでも彼の心に自分が仕えるべき灯火を見た。

彼はいずれ荒波に揉《も》まれながら貴族の不正と戦っていくのだろう。同じ貴族なのに。

そんな困難な道を選んだにもかかわらず彼の表情には一切《いっさい》の揺らぎがなかった。

戦いを覚悟したその表情を見ていると自分はなんて愚かなことをしようとしていたのだと反省する。

盗賊に身を落とせば確かに一時的には飢えを凌《しの》げるかもしれない。

しかし、それは相手に大義名分を与える口実になるのも事実である。

そんな当たり前のことに気づかせてくれたアデルに、ランデルグは膝《ひざ》をついていた。

そして、再び活躍の場を与えてくれることに喜びすら感じていた。

もちろん足りないものはたくさんある。

レイドリッヒ領は弱小領地でまともな兵はいない上に雇える人材もほとんどいない。

その状態でランデルグに任されたのは、一から軍の編制をすること。その指揮を執《と》ること。

まともな資金もない状態での軍備増強。

普通ならば無茶振りだと文句の一つでも言うのだが、打倒王国、打倒貴族を掲《かか》げているアデルが言えばまた違った捉《とら》え方ができる。

何かはわからないが兵を集めるための方法はあるのだろう。

そして、その詳細を言わないのは自分が指示を出さなくても動ける人間が欲しいということだ。

その役割が自分に求められているということだ。

正解を知っている人間が側にいるという状況で、全力でやることができる。

これ以上に最高の環境はない。

それだけでもう彼が本気で平民たちのために立ちあがろうとしていることが見て取れる。

まさかただこの領地の破滅回避のためだけに動いているとは夢にも思わないランデルグだった。

「今は彼のために俺たちにできる最大限のことをするだけだな」

「し、しかし、ランデルグ様、いくらなんでもこの状況で兵を整えるなんてできるのですか？」

「全く方法がないわけではない。特に腐った今の王都の現状だとな」

元々考えていた方法ではある。

用途が盗賊として集めるのではなく、領地兵として集めるのに変わっただけで。

「一体どんな方法なのですか？」

「まともに食えなくなった奴らを集めるんだ。食料を与え、代わりに兵として育てる。もちろん時間はかかるが将来的には確実に戦力となってくれる……あっ⁉」

だからこそアデルは今すぐには無理だと言っていたのだ。

つまり自分のやろうとしていたことは間違いではなかったのだ。

それと同時に一体どこまで彼は見通しているのだろう、と恐怖すら感じていた。

「ランデルグ、どうだこの領地は？」

噂《うわさ》をすればアデルが視察にやってくる。

「アデル様、とても住みやすくありがたいです」

「それなら良かった。今しばらくは不自由をさせるが、頼むぞ」

「いえ、いつ襲われるかわからない野宿をしていたことを思ったら天国のようでございます」

ランデルグの答えにアデルは満足そうに頷《うなず》いていた。

「それなら良かった。まだまだやりにくいことも多いだろうけど、困ったことがあれば何でも言ってくれ。できる限り力を貸すからな」

「ありがとうございます」

ランデルグは頭を下げながらも不思議に思う。

もちろん困ったことがあれば相談するつもりではいたのだが、それをアデルが直接言ってきたのだ。

そこには何かしらの意味があるはず。

おそらくは今のままだとランデルグだけでは解決できない何かが——。

「ところでこの後、時間は空《あ》いてるか？」

「はっ、鍛錬をしようと思ってたくらいにございます」

「では、付き合ってくれないか？　お前にも意見を聞きたいことがある」

意見を聞くなら普段から側にいるカインやシアに聞けば良い。

側付《そばづ》きのカインはあの若さにしては相当な実力を持っている。いずれ自分すら超える力を手に入れるだろう。真面目で勉強熱心、困ったことを相談するとすぐに解決策を提案してくれるおかげで自分たちもすんなりこの町に馴染《なじ》むことができた。

シアは正直よくわからない。年齢に見合わないとんでもない力を持っていることはわかるが、あまり自分のことを話してくれない子だ。でも、アデルを裏切るような真似《まね》だけはしないことは見ていてよくわかる。あとは頼み事がある場合はお菓子を与えると面倒がりながらも手伝ってくれる。

そんな頼れる二人がいる中でわざわざ自分に声をかけてきた、ということは本当に何かを聞きたいということではなく、自分にヒントを与えようとしているのだろう。

「かしこまりました。お供させていただきます」

心優しき主のために早く役立てる日が来ることを願いつつ、ランデルグは恭しく頭を下げるのだった。

◇◇◇

俺がランデルグたちを連れてやってきたのはシアが封印されていたダンジョンだった。

「アデル様、ここは?」

「ここは災厄の魔女が封印されていたんだが、災厄の魔女について知ってることはあるか？」

「いえ、私にはわかりません。申し訳ありません」

「そうか……」

王国騎士だったランデルグが知らないとなるとシアの件はまだ全然伝わっていなかったんだな。

「よろしければお調べいたしましょうか？」

「それじゃあ頼めるか？　他にもどこかに封印されてる奴がいる、とかの情報がわかるなら一緒に頼む」

「かしこまりました」

これで少しはシアのことがわかるかもしれない。

それにゲームでは出なかった奴が別に封印されていることも考えられる。

少しでも今は力が欲しいわけだからな。

それにシアのようにわけもわからずに封印されている奴が意外と多いかもしれない。

そのことは考慮しておく必要はあるだろう。

あと、ランデルグはゲーム上で、どうやったのかはわからないが、ここ辺境の地で大盗賊団を結成するほど人を集めるのに優れている人物だ。

彼に任せておけば軍備は大丈夫。

次に俺がすべきことは……金集めか。

「南か……」

ランドヒル辺境伯。

温和な領主である彼は娘にすごく甘く、その結果「パンがなければケーキを食べたら良いのよ」と素で言う悪役令嬢に育ってしまったのだ。

後にヒロインの一人に手を上げることにより断罪される運命にある。

その際に彼女の取り巻き連中も同じく断罪されるのだ。

下手に仲良くなるのも危険。

かと言って嫌われると嫌がらせを受ける。

元々ランドヒル辺境伯は周囲の弱小貴族たちの取りまとめ役をしていた寄親《よりおや》だったのだが、それに目をつけたのが、当の娘だった。

色々と支援をしてもらっている手前言い返せないことをいいことに、無理やり金品を奪い去っていくのだ。その結果、生活できなくなって周辺領地から住民たちが逃げ出してしまう。

カインやシア、フレアが物理的に領地を壊したのに対して、彼女は借金漬けにさせることによって領地そのものには手を出すことなく滅ぼすのだった。

触られずにいられるのなら良かったのだがこれも避けては通れない道。

かの地より定期的に商人が来てくれるように交渉し、金《かせ》を稼ぐ。

当面はシアのダンジョンで転がっていた魔物の素材を売ることで稼げるだろう。

ただ彼女から何かしらの反発は絶対に出るだろう。

どこから魔物の素材を手に入れたのか、とかその素材は寄親の娘である私のものだ、とか。

「南、ですか？　かの地は比較的住みやすい地と聞いておりますが？」

「表面上は、な」

「なるほど。やはり色々とありますね」

ランデルグは唇を噛《か》み締《し》め怒りを露《あら》わにしていた。

「お前の怒りもわかるがしばらくは待て」

「わかっております。それにこれはあくまで私事」

「おそらくはそろそろ追っ手が来るだろうしな」

「そ、それではこんなところでのんびりしてる場合じゃないですよ⁉　今すぐに迎え撃つ準備をしないと！」

「この戦力でか？　相手はおそらくメンツを潰された騎士団の追っ手だろう？」

「ぐっ……」

ランデルグも迎え撃って勝てる相手ではないということはわかっているようだった。

ただ、ランデルグはゲーム内だと今の状態で一度騎士たちを退《しりぞ》けている。

それはどうやったのか？

色々と考えてみたものの敵は単純にランデルグたちを見つけられなかったのだろう。ある程度の場所は絞れても隠れられたら細かいところまではわからない。

しかし、今はレイドリッヒ領内にいる。隠れるところなんて元々ない。

だからこそやるべきことは簡単である。

ランデルグはこの領地には来てない。

そう思わせるだけで騎士団の連中を追い払うことができる。

「ということで一旦ランデルグたちはこのダンジョンに入っててくれ。連中が帰り次第呼びに来るからな」

「わかりました。アデル様のご迷惑にならないように今しばらくここに身を隠させていただきます」

◇◆◇

王都にある騎士団の詰め所にて、偉そうにふんぞり返った恰幅《かっぷく》の良い男が口調を荒らげていた。

「おいっ、ランデルグはまだ見つからんのか⁉」

「はっ、逃げ足だけは早い奴でして……」

「この私を罵倒した挙句、騎士団まで抜けるとは。我々を馬鹿にしすぎてはないか？　お前もそう思うだろう？」

唾を飛ばしながら側にいる騎士に強く当たる。

「もちろんにございます！」

「ならばさっさと奴を連れ戻せ！　さもなくばお前たちも縛り首にするぞ！」

「ひ、ひぃぃ……」

恰幅の良い男と話していた騎士は慌てて部屋を出ていく。

「ちっ、使えん騎士どもだ！　誰が高い金を払って雇ってやってると思ってるんだ！」

「全くにございます、ハングラッシュ公爵様。あなた様のおかげで我々騎士は暮らしていけるのに、あの恩知らずなランデルグのせいで気分を損なわせてしまったこと、本当に申し訳ありません」

「騎士団長のせいではないぞ。お前は十分にやってくれている。それもこれもあの恩知らずのせい。かの者さえ始末できればそれで良い」

「もちろんにございます。今は辺境の地まで足を伸ばさせています。すぐに良い報告をさせていただきますので、今しばらくお待ちいただけたら幸いです」

「それなら騎士団長に免じて今日のところは帰らせてもらおう」

それだけ言うとハングラッシュ公爵は部屋を出ていく。後に残されたのは騎士団長と呼ばれた人物だけだった。

「ちっ、腐った豚が。お前たちのような奴がいるからこの王国は腐っていくんだ」

騎士団長は悔《くや》しげに唇を噛み締めていたのだが、それを見た人物は誰もいなかった。

俺の予想通り、レイドリッヒ領に三人ほどの騎士と思われる人間がやってきた。

裏切り者のランデルグを捕まえるためなら多少の理不尽な要求もしてくるかと思っていた俺は彼らを見て拍子抜けしてしまった。

村人風に身を落として逃げていたランデルグとは違い、白銀の鎧《よろい》に身を包んだ、いかにもな騎士たち。

◇◇◇

さすが王国騎士だ。

でも、あの鎧、防御力は低いんだよな。

ゲームの主要操作キャラに騎士団長がいるのだ。

基本的には全身鎧、兜《かぶと》も被《かぶ》り、序盤の強さは圧倒的なものがあるために男だと思われていたのだが、兜を脱ぐと実は美少女パターンである。

腐った王国貴族のすぐ側にいながらも貴族たちに嫌悪を抱いており、内部から王国を変えようとしていたが、とある事件から騎士団を離れ、主人公と共に行動するようになるのだ。

もちろんモブ以下の俺には全く関係のない話。

むしろ主要メンバーに近づくとシナリオが進行してレイドリッヒ領が滅ぼされる恐れがあるから

できたら触れたくない。

「突然の訪問、申し訳ありません。王国騎士のアランドールです」

一番前にいる騎士が自己紹介してくる。

おそらく他の兵をまとめている人物なのだろう。

「これはご丁寧にありがとうございます。レイドリッヒ領主クリス・レイドリッヒにございます。こちらが嫡子であるアデルです」

「アデル・レイドリッヒです。よろしくおねがいします」

父親に紹介されて、俺は子供らしく笑顔を見せながら挨拶をする。

無邪気に見える表情はこの場を和《なご》やかなものへと変えてくれる。

一瞬頬が緩む父だが、すぐに真剣な表情を浮かべ、騎士たちに聞く。

「それでこんな何もない辺境の地に遠路はるばる、どのようなご用でございましょうか？」

「実はお恥ずかしい話ですが、騎士団を抜け出した不届き者が現れまして、レイドリッヒ領内に逃げ込んでいないか調査したいんです。その許可をいただきに参りました」

あのダンジョンは早々に見つかることはないだろうが、もし見つかったときは面倒になりかねない。

まぁ、この少人数でダンジョンを攻略しようなんて思わないだろうが、念には念を入れておこう。

父には腕の立つ旅人を雇いたい、としか言っていないのだから、そちらから漏れることはない。

そもそもあまりペラペラと話すタイプではないしその点は安心できる。

「なにぶん弱小の領地でろくに兵も抱えておらず協力はできないのですが、調べていただく分には構いません。騎士様にお伝えするならこの領地の北に広がる『死の大地』と、西に広がる『沈黙の森』にある封印のダンジョンだけは危険な地になりますので注意してください」

「これはご丁寧にありがとうございます。では早速調査させていただきます」

「あとこの領地には宿がありませんので、よろしければうちの館に部屋を準備させましょうか？」

「それは助かります。ぜひよろしくお願いします」

父の提案にアランドールが頭を下げて感謝を示してくる。

俺からしても下手に遠出されるよりも館を起点に動ける範囲だけ調べてもらうのが、一番平和的に終わりそうで良かった。

「ではこれで我々は失礼します」

頭を下げて去っていく騎士たち。

それを見送った後、俺は部屋に戻る。

そして何もない空間に声を掛けていた。

「聞いていたな、シア」

「もちろんじゃ。妾をこそこそと隠れさせて何をするのかと思ったらこんな盗み聞きさせるとはな」

「一応相手が騎士だったから念のためにな。あとこの館に部屋を準備するそうだが、そこでの会話を盗み聞きすることはできるか？」

「相変わらず魔女使いの荒い奴じゃ」

「できないのか？」

「もちろんできるわい！　でも、妾が側にいる必要があるぞ？」

「わかった。カイン、聞いていたな？　騎士たちの部屋の側にシアの盗聴用の部屋を準備してくれ」

「かしこまりました」

「おわっ⁉　そ、そなたはどこにおったのじゃ⁉」

どこからともなくカインが現れたことにシアが驚く。

「普通にアデル様の後ろに控えておりましたよ？」

「気づいていなかったのか？」

「全く気配を感じなかったぞ……」

◇◇◇

騎士たちが領地に来てから数日が経過した。

特に何も問題は起こらず、騎士たちも領民と軽く話をする程度だった。

さすがにこんな辺境までランデルグが逃げてきているとは思っていないのかもしれない。

そして、この領地にはランデルグがいないという結論になる。

最後の晩餐《ばんさん》になるということで俺たちは騎士たちをねぎらっていた。

領地へ来たときは遠慮していた騎士たちであるが、日が経《た》つにつれて慣れてきたようで、最後の夜ともなると自然と現状に不満を抱いている話をしてくれた。

上にいる貴族のせいで騎士を辞められずにブラック企業顔負けの仕事に就かされているらしい。

だからこそ俺は何もわかっていない風を装《よそお》いながら無邪気に言う。

「大変ならいつでもこの領地に来てくれていいですよ」

「我々も騎士の端くれ。この国のために命を捧《ささ》げると決めてます」

「わかりました。ですが本当に困ったときはいつでも来てください。歓迎しますから」

「そこまで言っていただきありがとうございます。そのときはぜひよろしくお願いします」

そういうと騎士アランドールはレイドリッヒでの最後の夜を過ごすのだった。ただこの時は数年後に本当に戻ってくることになるとは本人も想像していなかった。

# 第5話　ランドヒル領

「やはりレイドリッヒ領と比べるとずいぶんと栄えているな」

騎士たちが帰っていってから二ヶ月後、俺たちは南のランドヒル領へとやってきていた。

目的はもちろんこの領地にいる悪役令嬢……ではなく、レイドリッヒ領へ来てくれる商人を探しに来たのだ。

ポツポツとしか家のないレイドリッヒ領と比べてランドヒルはそれなりに栄えており、商店がいくつか建ち並んでいる。

「あの、アデル様。私がここに来ても良かったのでしょうか？」

カインが不安げに聞いてくる。

彼の心配ももっともだった。

半魔族のカインのその正体がバレてしまった場合、下手なトラブルになりかねない。

たまたまシアのダンジョンから見つけた魔道具、認識阻害のイヤリングのおかげで魔族特有の耳は隠すことができていた。

「大丈夫だ、お前は俺のお付きなんだからな。堂々としていると良《い》い」

「そうじゃ。魔族だから虐《しいた》げられるなんておかしいのじゃ。もし何かあったら妾《わらわ》が吹き飛ばしてやるから気にするな」

「絶対にするなよ。さすがに寄親《よりおや》の領地を吹き飛ばしたとなるとただじゃ済まないからな」

「わ、わかってるのじゃ。威力は抑えるのじゃ」

さすがにランデルグは顔を見られるとまずそうなので領地の護衛を任せている。それと同時に兵を集めて訓練してくれてるようだ。

「とりあえずいくつかの商店を回るか。だれか良い奴《やつ》がいるといいが……」

「妾の魔道具……」

「使わないやつだろ？　多少売って身軽になる方が良いぞ」

「まぁ、役に立つなら仕方ないのじゃ」

そんなことを言いながら俺たちは全ての商店を回っていった。

しかし――。


「どいつもこいつも妾の魔道具の良さをわかっとらんのじゃ!!」

シアが頬を膨《ふく》らませて怒っていた。

持っていった魔道具は使い物にならないとか言われ、かなり安い値段を提示されたので売らずに店を飛び出してきた。

それが一店ならともかく全ての店でそうだったのだから俺もこの魔道具には価値がないのでは、と思ってしまうほどだった。

「本当にその魔道具って価値があるんだよな？」

「当たり前じゃ！　一体どれほどの効果を持っていると思っているのじゃ」

「まぁ、シアを信じるがそうなるとこの町の商店は信用できないということになるな。そうなると当初の目的を果たすことができないな」

そうとわかったのならこんな領地、早く抜け出したいのだが、そんなタイミングで会いたくない相手と出くわすこととなる。

「全く、こんなゴミを道ばたで売るなんて誰の許可を得てやっているのかしら？」

「げっ⁉」

路地の端の方に座り込んでいた少女に対して、会いたくなかった悪役令嬢であるここの領主の息女、エミリナ・ランドヒルが絡《から》んでいた。

エミリナは波がかった金色の髪をしたやつり目ながらも整《ととの》った顔立ちをしている少女である。黙っていたらとても可憐《かれん》に見えるのだが、口を開くと残念な悪役令嬢だった。

「あ、あの、これを売らせてもらえないと今日食べるものもなくて……」

「そんなこと、私には関係ないわ。あんたみたいなのがいるせいで私の町が臭くなるの！　わかる？」

「で、ですが、路地での販売は自由のはずですが……」

「私がダメと言ったらダメなの。この領地では私が正義なの」

さすがに胸くそ悪い今の状況を黙って見過ごすわけにもいかなかった。

「そのくらいにしてはもらえませんか、エミリナ様」

面倒だなと思いながらも作り笑顔で対応する。

その声を聞き、エミリナは俺の方へと振り向く。

「あらっ、誰かと思ったら貧乏貴族のレイドリッヒじゃない。わざわざこの街へ何をしに来たの？」

「いくつか道具を売りたくて商店を回っていたのですよ」

「ついに借金でもしたのかしら。貧乏人は大変ね。あっ、それならこいつに売るといいんじゃないかしら？」

「えっ⁉　で、でも、私はものを買うほどのお金は持っていなくて……」

「私が買いなさいと言ってるの！　買わないなら追放よ！　二度とこの土地を踏ませないわよ！」

「うぅぅ……、わ、わかりました……。か、買わせていただきます」

少女は涙を浮かべながら震える声で言ってくる。

少女は古びたワンピース……というか裾の長いシャツを着ており、ボサボサの栗《あわ》色の髪はろくに整えられておらず、小柄な体格をしている。

そして、俺はこの少女に見覚えがあった。

ま、まさかこの領地出身だったのか……。

今エミリナに絡まれていたのは攻略キャラの一人であるリッテ・マローネ。

その商才で主人公たちを助け、更には少女自身も時空系魔法の才能があり、アイテムボックスで荷物運びを楽にしてくれる、という万能キャラでもある。

ただ、攻略キャラとはレイドリッヒ領の破滅へと繋《つな》がる恐れがあるので関わりを持ちたくないのだが……。

さすがにエミリナの手前、このまま無視するというわけにもいかずに俺は彼女に話しかけるのだった。

◇◇◇

「本当に大丈夫か？　無理にとは言わないが」

「だ、大丈夫です！　なんとかお金は工面しますから……」

「あははっ、貧乏同士無様ね」

エミリナが笑い声を上げていた。

「先ほどこの町の商店に行ったときにこれは銀貨五枚と言われたから……」

「うっ……、ぎ、銀貨五枚ですか……」

「アデル、こいつを助けようと安く言うのは許さないからね」

「ちっ、わかりました。それなら銀貨五枚でどうでしょうか？　この町の商店と同じ額ならいいんですよね」

「当然よ。しっかり払わせるから安心しなさい。でも、まさかそれ一つだけ売りに来たわけじゃないわよね？」

「……そうですね。あと数個似たようなものがありますね」

何故《なぜ》かこういうことだけは嗅覚が鋭いエミリナ。

あまり売ろうとすると俺がリッテを虐《いじ》めているように思えてしまう。

現に彼女は怯《おび》えて震えている。

「あ、あの……、他のものも銀貨五枚なんてことは……」

「五枚よ！　私が決めたわ」

「……仕方ないですね。五枚でいいですよ」

そういうと俺はリッテに魔道具を四つ渡す。

「合計銀貨二十枚……、うぅ……、これをどうぞ」

リッテは懐《ふところ》からお金の入った袋をそのまま渡してくる。

銀貨だけではなくて銅貨混じりなのが本当にお金に困っているんだろうなということがわかる。

「あははは

っ、良い光景ね。これに懲りたら貧乏人は二度とこの領地に来ないことね」

エミリナは大笑いしながら去っていった。

彼女の姿が見えなくなった後、俺はリッテに声を掛ける。

「本当にいいのか？　全財産じゃないのか？」

「しょ、商人たるもの、一度言ったことは取り下げません。し、信用に関わりますから」

言っていることは立派だが、その表情は完全に引きつっている。

「わかった。そこまでいうならこの金はもらっておく。あとこの町で商売するのはやめた方が良いな。よその町にその道具を持っていってみると良い。それと本当に食べるものがなくなってしまったら、俺の領地へ来るといい。食べるものくらいは恵んでやるからな」

さすがに攻略対象のキャラがゲーム開始前に脱落してしまうと、後の平和に影響が出てしまうかもしれない。

そうならないためにも最低限の力くらいは貸してもさすがに破滅へとは続かないだろう。

むしろここを放置することの方が破滅に続いてしまいそうだ。

「ありがとうございます。そう……、させてもらいますね」

「あと、これ。飯の余りだ。捨てるのももったいないから食うと良い」

昼食としてメルシャが用意してくれた弁当をリッテに渡す。

「い、良いのですか？」

「それは商品じゃないから金も取らなくて済むしな」

「あ、あははっ…それもそうですね。ありがとうございます」

リッテは嬉《うれ》しそうに弁当を受け取ると大げさに頭を下げてくる。

「気にするな。当たり前のことをしただけだ」

「でも、私のことを助けてくれましたから……」

「無理矢理高く商品を売りつけた悪い奴かもしれないぞ？」

「悪い人は自分のことを悪い人って言わないいんですよ」

「なら俺が最初の一人だな」

「ふふっ、そうかもしれないですね。では、私はこれで失礼します。別の町へ行ってみますので——」

「俺も領地へ戻るか……」

リッテと別れた後、俺はレイドリッヒ領へと戻った。

できればもうリッテとは会わないことを願って。

しかし、それは叶《かな》わなかった。

彼女と別れて一ヶ月もした頃にレイドリッヒ領にリッテがやってきた。

しかも、わざわざ俺に会いにきたのだ。

「どうしたんだ？」

「……あれ、わかってたんですね？」

「どれのことだ？」

「銀貨二十枚、どう見ても割に合わないじゃないですか……」

元々どう考えても安すぎるからあの町の商人に売らなかったわけだしな。俺からしたら大赤字だ。

「そんなことはない。俺が納得して売ったものだろう？」

「別の町で売ったら金貨二十枚になりましたよ……」

「百倍なんてすごいな。大もうけだな」

それでも意外と安い。でも魔道具の効果を知られていないからこのくらいなのかもしれない。

「アデル様、わかってたんですね……」

「いや、なんのことかさっぱりだな」

「そうやって誤魔化すのですね。こんな大恩、どうやって返せば……」

「別に商品を買い取ってもらっただけだ。そこに恩も何もないだろう？」

「いえ、それじゃあ私の気がすみません。商人たるもの、信頼が全てですから……」

「はぁ……、わかったよ。俺の負けだ」

両手を挙げて降参のポーズをする。

「あのままエミリナにしてやられるのも癪《しゃく》だったし、君のことも放ってはおけなかったからな。詳しい値段はわからなかったが、どう考えても銀貨五枚なんて安い値段ですむとは思ってなかった道具だ。それでどうするんだ？」

「働きます！」

「はぁ？」

「アデル様から受けた恩の分だけ働かせてください‼」

「わかったよ……。俺もあの町にはこの領に来てくれる商人を探しに行ってたんだ。君が来てくれるのなら心強いよ……」

リッテは王都で店を開いていたキャラだったはず。

大きくストーリーを変えてしまった、その影響がどう出てくるのかは今の俺にはさっぱりわからなかった。

◇◇◇

リッテが来てからずいぶんと町の雰囲気が変わっていた。

今まで何かものを買おうとすれば別の領地まで行かないといけなかった。生活にどうしても必要なものを買う以外は関わり合うこともなく、今まで一度も商店へ行ったことがない人もこの領地にはいたほどだった。

それが突然町に商店ができたのだから領民たちの話題はリッテのことだらけになっていた。

ただ問題として商店に行かない理由の一つにこの領地では貨幣を使うような機会がないことがあった。

基本的に必要なものがあれば物々交換。

領民は狩人《かりゅうど》か農家の違いくらいしかないのだから肉と作物を交換する程度で十分生活していける。

しかし、そこに新しいものが入ってくる、となると関心を持つのは自然な流れだった。

そもそもそれぞれが顔見知りな領地だ。

知らない人物が来ただけで話題にはなる。

「店の具合はどうだ？」

「まさか私がお店を持てるなんて思ってなかったから嬉しいです」

空《あ》き家《や》の一つをランデルグたちに協力してもらい、商店風にしてもらっただけの家。それでも貧乏行商人であったリッテには拠点を持てるというだけでも信じられないことだった。

住むだけならどこでもできるのだが、拠点を構えて商売をするとなると領主の許可が必要になる。

しかし、その許可が中々下りないのだ。

大抵の領地には既に専属の商人が存在している。

敢《あ》えてそれと競い合わせるように別の人間に商売の許可を出す領主は中々いなかったのだ。

当然ながら商店がないレイドリッヒ領なのだから、リッテが来てくれると言った時点で許可を出すだけでなく、こうして店まで準備をしていた。

「本当にここまでしてもらっていいのですか？　私、アデル様には借りを作りっぱなしで……」

いっそこのまま大量に貸しを作っておけば攻略キャラの彼女が俺たちに何かすることはなくなる。

一応、特段悪いことはしてないもののカインやシアはボスキャラだし、ランデルグは追われてる身だ。

いつ主要メンバーに襲われてもおかしくない。

そういう滅ぼし方のルートはまだ見たことがないが、ゲームでは絶対にこの領地が滅ぶことも加味するとありえないとも言い切れなかった。

「気にするな。ちょうどここに来てくれる商人を探していたんだ。ただ、大変なのはこれからだぞ？」

「そうですね。物々交換が主流のこの辺境にどうやって貨幣を馴染《なじ》ませていくか……。むしろ腕が鳴ります！」

リッテは面白そうに笑みを浮かべている。

「まぁ頑張ってくれ。でも、金を稼《かせ》がないといけないんじゃないのか？　ここじゃほとんど稼げないと思うぞ？」

「それが、アデル様から買わせてもらった魔道具のおかげでお金の問題は解決したんですよ。解決

どころか余りまくってるんですけどね」

笑顔を見せるリッテ。

「そうか、それなら良かった……？」

あれっ、解決？

リッテの金の問題って確かシナリオの最後に起こるもので、主人公たちの協力があってなんとか無理難題を乗り越えて解決するんじゃなかったか？

いや、それとは違う問題ということか？

「ここまでしてくれたアデル様の力になれるのが今、すごく嬉しいんですよ。だから、私の全てを使って、アデル様のお役に立ちますね」

少し照れながらはっきりとそう言ってくる。

その台詞《せりふ》はエンディングに彼女が、主人公に言い放つ言葉。

ということはやっぱり問題ってストーリーに関わることか。

彼女が主人公に付かないことで起こる問題って何かあったか？

いや、彼女自身は時空系魔法を使える以外に特別な力があるわけでもなく、類《たぐ》い稀《まれ》なる商才で悪徳商人が率いる商会を悉《ことごと》く潰していっただけだ。

つまりは今この領地で商会を開いて、そののち別の商会を潰し回る結果になれば最悪問題はない？　よし、とりあえずそういうことにしておこう。

「まぁ、無理をしない程度で構わないからな。お前が倒れでもしたら困るから」

「アデル様、私の心配を……。ありがとうございます」

リッテは嬉しそうに頬を染めて頭を下げる。

なんとか下手にストーリーを壊しそうな今の会話から話題を変えるために、俺は思い出したように聞く。

「そ、そういえばこの領地に売り物になるようなものはあるのか？」

まるでその質問を待っていた、と言わんばかりに目を輝かせながら一枚の葉っぱを取り出していた。

「もちろんですよ。この領地は特に自然が豊富ですからね。特に沈黙の森に生《は》えている植物が素晴らしいんです。例えばこれです！　香草として使われるのですが、それが味を多彩に変化させて信じられないくらいに美味《おい》しい料理が生み出されてるんですよ。でも他の領地だとあまり取れないものので料理に使われることがほとんどないんです。もうこれだけでも王都へ持ち込めば売れると思います!!」

急に熱弁をするリッテに俺は若干引き気味だった。

それでも完全に損をさせるわけじゃないということがわかり、少しだけ安心するのだった――。

# 第6話　自称魔王

リッテがこの領地へやってきてから三年の歳月が過ぎ俺は十歳になった。

彼女が来て以降、特に変わったことはなくゆっくりと領地を成長させることに力を入れることができた。

毎日魔法の特訓をしていたにもかかわらず俺自身の能力はほとんど変わらなかったが。

アデル・レイドリッヒ
レベル：3
スキル：【成長率：－10】
魔法：【火：0】【水：2（＋1）】【風：0】【土：0】【光：0】【闇：0】【回復：0】【時空：0】

雀《すずめ》の涙ほどの成長しかしていない。

ただ領地自体の発展は目まぐるしかった。

ランデルグ率いる兵は既に数十人規模にも上り、うちの領最大の戦力となっている。

しかもその兵それぞれが一騎当千の猛者《もさ》だったりする。

それもそのはずでランデルグを慕《した》っていた騎士たちがひっそりと合流しているのだ。

ランデルグ自身も元騎士だったことと今でも鍛錬を欠かさず毎日行っていることもあり、ラスボスではないにもかかわらず相当の力を有していた。

ランデルグ・バルダス
レベル：35
スキル：【剣術：６】【指揮：６】【鼓舞：３】
魔法：【光：３】

ただ、何故《なぜ》か俺が腐敗した王国と戦うべく義勇兵を集めてる、なんて話になりかけていたので、そこはしっかり否定しておいた。

その際に「わかっていますよ。私に任せてください」とランデルグが言っていたので安心して任せたのだ。

ただ、年々王侯貴族の腐敗は増しているようで、普通にしてるだけというのが案外高評価らしい。

辺境の暮らしにくさもリッテの商店ができたことで大分解消されつつあり、それが移住者増加のきっかけになっている。

ただ、あまりにも勢力を拡大しすぎると王家に目をつけられる恐れがある。

ランデルグは仮想敵としてアーデルス王家を置いているようだが、俺としては何事もなく平和にゲームのストーリーが終わるまで隠れて生活できればそれで良かった。

しかし、世間がそれを許してくれないようで、こんなに平凡に暮らしているだけなのに再び破滅フラグが襲いかかってくる。

「アデル様、ご報告があります」

「カインか。どうかしたのか？」

俺の右腕たるカインはあっという間に俺の手が届かないほどの能力を得ており、今では信用できる参謀に成長していた。

カイン・アルシウス
レベル：15
スキル：【剣術：3】【采配：3】【調査：2】
魔法：【水：3】【闇：5】

一般的な大人の兵士が大体レベル10であることを考えるとかなりの成長ぶりである。

魔法の方がやや得意なものの剣も使え、指揮も執れ、更には物事を調べるのにも向いている万能型。

これで成長途中なのだから末恐ろしい。

「東よりメジュール伯爵がこの領地に視察に来るとの情報を仕入れました。現状は領主様が対応されると思いますが、アデル様もそのつもりでお願いします」

「……ついに動いたか」

王侯貴族らしい貴族であるメジュール伯爵。

発展しつつあるこの領地を見て一体何をしてくるか……。

「シア、一応この町を守るように結界を張ることはできるか？」

「その程度眠っててもできるのじゃ」

「それじゃあお願いしても良いか」

シアが指を鳴らす。

それで何か変化が起きたようには見えない。

「これでもういいのじゃ」

「さすがは魔女だな。とんでもない力だ」

「そんなに褒《ほ》めても爆発魔法しか出ないぞ？」

「よし、褒めるのをやめるか」

「どうしてじゃ⁉」

驚きの表情を見せるシア。

彼女は以前以上に圧倒的な魔法の力を見せていた。

しかも魔法の研究に熱心で、今では攻撃魔法以外にも多種多様な魔法を生み出していた。

シアーナ
レベル：100
スキル：【多重詠唱：10】【詠唱破棄：10】【魔力回復：10】
魔法：【火：10】【風：10】【土：10】【闇：10】【回復：10】【時空：5】

相変わらず何度見てもチート的な能力を持っている。

彼女の力を借りれば下手な魔族くらいなら優に追い払える気すらする。

問題はこの力が自分たちに向いたときに対抗できないことにある。

精一杯彼女をもてはやすより他ないのだが、甘いものを与えておけばとりあえず喜んでくれるということがわかってからは大分扱いが楽になった。

「あとの対策は……と」

頭を抱えた俺はフラッとリッテの商店へと足を運んでいた。

リッテのステータスは唯一俺の癒《いや》しだった。

スキル欄を見なければ……だが。

リッテ・マローネ
レベル：3
スキル：【商才：10】
魔法：【時空：2】

「いらっしゃい。あっ、アデル様。今日はどうされたのですか？」

「リッテに少し聞きたいことがある。メジュール領で変わったことがないか、だが」

さすがに聞いてすぐわかることはないだろうけど、情報はないよりもあった方が良《い》い。

「もちろん知ってますよ。ただ、ここじゃまずいですね。あとから直接伝えに行きます」

「あぁ、待ってるぞ」

店を用意した手前、俺の仲間たちの前では話しにくいことは俺自身の部屋で話すようになっていた。

そして、その日の夜、約束通りにリッテが部屋にやってきた。

「相変わらず最低限の家具しかない殺風景な部屋ですね」

「必要性を感じないからな。ところでわざわざここで話をするということはそれなりに情報を遮断した方がいい話、ということだよな？」

リッテが頷《うなず》くのを見た後、俺はシアとカインを呼び出す。

「なんじゃ？」

「シアはいつもの防音魔法を頼む」

「わかったのじゃ」

「では私はこの部屋に人が近づかないように人払いをしますね」

「すまないな。よろしく頼む」

各々《おのおの》が行動を起こした後、俺は改めてリッテに聞く。

「それでメジュール領で何か変わったことがあるんだな？」

「嫌な気配が、ね。ここ最近武器が大量に売れた形跡がありますね。そして、購入者がメジュール伯爵。これがどういう意味なのか、というと」

「メジュール伯爵はどこかへ攻め入るつもり、ということだな」

今の彼が攻め込みそうな場所、と考えるともうこの領地しか考えられなかった。

「助かった。おかげで念のために対策を取ることができる」

ただ伯爵軍ともなるとその人数は圧倒的なはず。

果たして全力を向けたとして、追い返すことができるのだろうか？

「とりあえずまずは偵察だな。俺は少し出てくる。リッテ、助かったぞ」

「こんなもの、いくらでも聞いてくれたら良いからね」

リッテの笑顔に見送られて俺は部屋を出る。

◇◆◇

金髪でややつり目の少年が夜空の下をトボトボと歩いていた。

「腹減った……。何故我の復活に誰も飯を持って駆けつけてこないのだ。おかげでこんなひもじい思いをしているぞ……」

何か買おうにも金はない。

かといって力で屈服させたとしてもそれで飯がもらえるわけでもない。

そもそも深夜に近い時間で、辺境であるこの地には開いている店がない。

万事休すかと思ったときに声を掛けてくる人間がいた。

十歳くらいの少年だった。

「大丈夫か？　なにかあったのか？」

ぐうぅぅ……。

その質問に返事をするように腹の虫が鳴る。

それを聞いた人間は笑い声を上げていた。

「さすがに今の時間は開いてる店がないもんな。うちで良かったら何か食えるものがあると思うが来るか？」

「ふっ、そなたがどうしてもと言うなら」

「別にいらないのならいいんだぞ？」

「そ、そんなこと言わん。ぜ、ぜひ行かせてくれ」

「最初からそう言えばいいんだぞ。俺はアデル・レイドリッヒだ。お前は見ない顔だな」

「今日来たところだからな。我の名はアルマオディ・ガルディバルだ。こう見えても魔王だ」

「あーっ、はいはい。そういうことを言いたい年頃ってあるもんな。まぁ付いてこい」

少年に誘導されて、自称魔王のアルマオディは彼の館へと向かっていくのだった——。

◇◆◇

なんか変な少年を拾ったけど良かったのだろうか？

自称魔王を名乗っているけど、この世界の魔王は『魔王ギルガルド』だけでアルマオディなんて名前ではなかった。

魔王が複数いる……という話は聞いたことがないし、作中でもあくまでも魔王は一人。

良くて魔王の息子？

ゲームの作中に出てこないキャラにはなるのでそこの判断はつかない。

問題は彼の能力である。

調べようとしても何故か阻害されるのだ。

こんなこと今まで一度もなかった。

つまりこの少年は何かしらの鑑定阻害系のスキルを持っているのだろう。

領内で一度も見たことがない少年がそんなものを持っているのだから、怪しくてつい目の届く範囲に留《とど》めておきたくなる。

彼の扱いを間違えた結果、領が吹き飛びました……とかもありえる。

「どうかしたのか？」

「いや、両親はどうしたのかと思ってな」

「そんなものはいないぞ？」

どうやらわけありというわけだ。

捨てられたのか？

腹を空《す》かせていたという情報も合わせて、それが一番ありえる気がした。

「変なことを聞いたな」

「別に何も変ではないぞ？」

アルマオディは何も気にしている様子がなかったのが唯一の救いである。

俺たちはそのまま館へと戻っていく。

◇◇◇

「アデル様、お帰りなさい」

「メルシャか。ちょうど良かった。今から何か食うものを用意できるか？」

「簡単なものでよろしければ」

「それで構わない。食堂に持ってきてくれるか？」

「はい、かしこまりました」

メルシャが厨房《ちゅうぼう》へと戻っていく。

こんな時間に申し訳ない頼みをしたと思う。

本当なら適当に食べられそうなものを見繕うと思っていたのだが。

でも、メルシャも嫌な顔一つしないからついつい頼んでしまった。

「ここには魔族もいるんだな」

「わかるのか？」

「もちろんだ。我は魔王だぞ？」

「あー、わかってるよ。つまりお前も魔族ってことだろ？」

「うむ、もちろんだ」

カインと同じようにメルシャも魔族特有の耳を隠している。それでもすぐに魔族とわかったのは、この少年も魔族で、同族だからこそ気づいたのだろうと予想した。

「なるほどな。大体お前のことは理解した。今日はゆっくりここで過ごしていくと良い」

「いいのか？」

「もちろんだ。むしろ下手に魔族が平然と出歩いていることの方がトラブルになりそうだ」

「困ったときは相手を吹き飛ばせばいいだけだろう？」

「そんなことをすると余計この領にいられなくなるぞ？」

「力こそ全てだ！」

「そんなわけない。魔族の世界ではどうかわからないけど、ここは人の世界だからな」

「中々面倒なんだな」

食堂にたどり着く。

そこでしばらく待っているとメルシャが料理を持ってやってくる。

「アデル様、お待たせいたしました。こちら軽食にございます」

「あぁ、こいつにやってくれ」

俺がアルマオディを指差す。

彼の顔を見た瞬間にメルシャは驚きを見せていたものの、すぐに表情を元に戻し、彼の前に料理を置いていた。

「うむ、大儀である」

「ありがとうございます。ではどうぞごゆっくり」

メルシャは深く頭を下げるとそのまま食堂を出ていく。

「できた使用人ではないか」

「全くだ」

アルマオディが料理を口に運ぶ。

すると驚きの表情を浮かべ、手の速度が上がる。

瞬《また》く間に料理を食べきってしまったアルマオディが俺の方を見て言ってくる。

「なんだ、ここの料理は？　こんな美味《うま》い料理は初めてだ！」

「口に合ったようで何よりだ」

「このままあいつを我が城へ招きたいくらいだぞ」

「ははは っ、それはやめてくれ。彼女はうちの大切な料理人だからな」

「それは残念だ。しかし、この料理は惜しい……。そうだ、我がここに住めば良いのだな？」

アルマオディが何やら納得したように言っていた。

何かの冗談だろう。

「まだ家もないのだろう？　部屋を用意させるから住む場所が見つかるまでいるといいぞ？」

「重ね重ね申し訳ない。厄介になるぞ」

「それじゃあ、今部屋を用意させるから少し待っていてくれ」

「うむ、よろしく頼む」

俺は部屋を出るとバランを呼ぶ。

「どうかされましたか？」

「客だ。部屋を一つ用意してくれ」

「かしこまりました。早々にご用意させていただきます」

頭を下げるバラン。

これで大丈夫だろう。

◇◇◇

アルマオディを部屋に案内した後、俺はカインやシアを自分の部屋に呼んでいた。

「アデル様、よくぞご無事で」

「あぁ、問題ない。ただ軽い雑談をしてただけだ。それよりも今日からしばらくこの館にもう一人住むことになる。ちょっと気難しい奴《やつ》だけど、仲良くしてやってほしい」

「もちろんです。アデル様が侮られることのないようにしっかり対応させていただきます」

カインが恭しく頭を下げてくる。

ただ、シアの方はどこか心ここに在らずだった。

「シア、どうかしたのか？」

「たいしたことじゃないが、先ほどあり得ない気配を感じてな。きっと妾《わらわ》の気のせいじゃ」

「……？　なにか気になったことがあったら教えてくれ」

もしかしたらこの領地の破滅に関わることに気づいたのかもしれない。

「この領地で強大な気配を感じたのじゃ」

「敵か⁉」

「それはわからん。おそらくは魔王クラスの気配だとは思うが今はすっかりなくなっておるのじゃ」

「そうか。敵が襲ってきたわけではないなら今は気にしても仕方ないな」

シアがいるからある程度は対抗できる。しかし、まともに戦えるのもシアだけなのだ。

できれば戦いたくない。

そもそもこの領地付近でシアが全力で魔法を撃てば、もし勝てるにしても領地が再起不能なまでに壊されることが容易に想像がついた。

もし本当に魔王クラス、それこそ魔王が来ているのならそいつも仲間にするのも良いかもしれない。

シア同様、もしくはそれ以上の力を魔王は持っているのだから。

しかし、俺にすぐに会いに行くことを踏みとどまらせたのはとある有名すぎる台詞《せりふ》であった。

『我の仲間になれば世界の半分をやろう』

ゲーム中は羨《うらや》ましく思うこともあったその台詞は、実際に言われることを考えると疎《うと》ましく思えてしまう。

俺が世界の半分を支配することなんて無理に決まってるだろ……。

今の辺境の領地だけで精一杯だ。

そういうわけで魔王はスルー。

触らなければ危険はやってこない。

「わかった。もし居場所がわかったら教えてくれ」

「説得に行くのか？」

「いや、違うところへ行くまで一切《いっさい》近づかない」

「まぁ、妾より優に強い奴じゃからな。下手に触れるのは危険じゃな」

「そうなのか？」

「当然であろう？　相手は魔族の王じゃぞ？」

シアの言うことももっともである。

しかし、ルートによっては同格のラスボスであるシアがそんな一方的に負けるとも思えないのだが。

不思議に思いながら今日は解散となった。

◇◆◇

メルシャは冷や汗を流しながら息子のカインと先ほど顔を合わせた少年のことを話していた。

「ど、どうして魔王様がここにいるの？　もしかして私たちを連れ戻しに？」

「それならわざわざ魔王本人が来ることはないんじゃないか？」

「それは……そうだけど」

「それにアデル様は敢《あ》えて知らないふりをしているご様子。それなら側付《そばづ》きの俺たちも同様の対応をすべきじゃないのか？」

「そ、それもそうね」

母メルシャはどうにか納得してくれたようだった。

それにしても一国の王がわざわざお忍びでやってくるほどの事態……。

更にそれを自分たちへ話さないのはおそらくは魔族領でトラブルがあった自分たちを気遣ってのことだろう。

そんなことを自分たちは気にしないのに……。

それよりもアデル様に何か問題がある方が怖い。

その情報を聞いた後、カインは彼の動向を注視するようにシアに頼んでおいた。

既に眠そうな表情を見せていた彼女だが、アデルに危険があるかも、と話すと二つ返事で引き受けてくれた。

「魔王……か。一体何の用なのか？　もしアデル様に危害を加えようとするなら返り討ちになろうとも私が必ず――」

まさかアデルが腹を空かせてる子供を飯を食べさせるためだけにこの館へ連れてきた、とか、自分で魔王を名乗っている少年の言うことを信じずにただ痛い子と思い込んでいる、とか、そんな事実に気づかずにカインたちは深刻に今の状況を捉《とら》えていたのだった――。

◇
◆
◇

翌日も俺はアルマオディの相手をしていた。

すこしでも不安要素を排除したいという思惑《おもわく》もあり、その正体を見極めようとしていたのだ。

魔王の息子なのか、それともただ魔王に憧《あこが》れを持っている子供なのか。

「ここの料理は本当になんでも美味いな」

今朝《けさ》も大量に食事をとっているアルマオディを見て、俺は思わずため息をつく。

「今日はこの領内を案内してやる。食べたら行くからな」

「うむ、任せたぞ」

それから二回ほどおかわりをしたアルマオディと共に、この領内で唯一の商店へ向かった。

「アデル様、いらっしゃいませ！　あれっ、そちらのお方は？」

「我は魔王アルマオディ・ガルディバルだ」

「これはご丁寧に。私はこの領地で商いをさせてもらっているリッテ・マローネといいます。……えっ？　魔王？」

いつも通り丁寧に頭を下げたリッテだったが、少ししてから笑顔が固まり困惑の表情を浮かべる。

「まぁ気にするな。思い込みの激しい奴なんだ」

「それはお前のことか？」

「お前のことだよ⁉」

さも当然のように俺になすりつけようとしてきたので、すぐさま言い返した。

「思い込みも何も我が魔王であるという事実は変わらんぞ？」

「わかったわかった。それよりもこの商店で見るものはないか？　辺境の割には品揃《しなぞろ》えが良いぞ」

「ふっふっふっ。色々と並べられるように足で探したからね」

「なるほど、確かに中々良い種類が置かれておるな」

リッテは褒められて嬉《うれ》しそうだった。

すると、アルマオディが樽に刺さった剣を一本抜き取り、その剣をじっくり眺《なが》めていた。

「しかし、武器が悪い。これだと初心者用になってしまうんじゃないか?」

「一応それは初心者用の武器ですから」

「なるほど。強い武器だけではなく、弱い武器も敢えて置いてるのか」

「つ、強い武器は置いてないんですけどね。さすがに腕利《うでき》きの鍛冶師はこの辺境のための武器を卸してくれなくて…」

「なるほどな。例えばこういうやつはどうだ?」

アルマオディはなにもないところから漆黒の禍々《まがまが》しい剣を取り出していた。

「こ、こんなに良いものを……。う、売ってくださるのですか?」

「いや、今日は色々と教えてもらった礼だ。それはやろう」

「ほ、本当によろしいのですか⁉　あ、ありがとうございます」

「そんなにいいものなのか?」

さすがに剣の良さは判断できないためにリッテに聞いてみる。

「すごいなんてものじゃないですよ。王都一の鍛冶師でもここまでのものは作れるかどうか……。これって魔剣と呼ばれるものですよね?」

「そのとおりだ」

「やっぱり……。国宝級のお宝ですね。こんなものを一方的にいただくのは悪いですよ。お店の好きなものを好きなだけ持っていってください」

「それならこいつに食料をあげてほしい、我がついつい食べすぎてしまっているからな」

どうやらアルマオディはこの領地の経済状況があまり良くないことを理解してリッテへ提案をしてくれたようだった。

「そんな気にしなくても良かったんだぞ？　貴重なものなんだろう？」

「そうでもない。山のように持っている剣の一本だ。礼にはちょうどいいものだろう」

さすがにこんな優しい子が自分の意思でこの領地を吹き飛ばすことはないんじゃないか、と俺は少しだけアルマオディに気を許し始めるのだった。

だが、この財力、魔王とまでは言わなくても魔族の中でも地位の高い人物の子供というのは間違いなさそうだ。

◇◇◇

ただ、アルマオディが大量の宝剣を持っていることには少しだけ疑問が浮かぶ。

もしかしたらそこに鑑定阻害をしている理由があるのかもしれない。

ただ、やぶをつつく理由にはならない。

「次は訓練所だ。この領地で見て回るところはあとここくらいしかないからな」

訓練所ではランデルグが兵の訓練をしていた。

それを興味深そうに見ていたアルマオディ。

「ほぉ、ここでは剣士の真似事《まねごと》をしておるのか？」

「アデル様、誰ですか、この子供は？」

ランデルグはこめかみをピクピクと動かして明らかに怒っているのが見て取れる。

しかし、子供の言うことだから、とグッと怒りを抑えてくれているのだろう。

「この子は昨日からうちに来ている――」

「我は魔王だ！」

「そうか、それなら俺は勇者だな」

兵士たちから笑い声が上がる。

ランデルグもアルマオディが魔王とは信じておらず、子供が遊びで言っていると考え、それに付き合ってあげているのがよくわかる。

「ほう、なら戦う運命にあるわけだな」

「さすがに子供と戦う趣味はないけどな……えっ？」

アルマオディは一瞬でランデルグの首元にどこから取り出したのか巨大な剣を突きつけていた。

「なんだ、この程度か。今代の勇者は弱いんだな」

「ま、全く見えなかった……」

ある程度の能力があるだろうことはわかっていたものの、まさかランデルグに身動きを取らせないほどの速度があることは予想外だった。

「な、中々素早いじゃないか。良かったら俺と試合をしないか？」

「ほう、この我に勝負を挑むか？　よかろう、相手になってやろう」

何故かアルマオディとランデルグが試合することになってしまった。

訓練用の木剣を構えるランデルグと魔剣を取り出すアルマオディ。

「さ、さすがに魔剣を使うのはダメだ。怪我《けが》をしたら困るからな」

「む？　そうか。わかった。でも我は木剣を持っておらん」

「ほらっ、これを使うと良い」

ランデルグが手に持っていた木剣をアルマオディに投げて渡す。

そして、自分は別の木剣を持ってきた。

「本当に勝負するのか？」

「もちろんだ。売られた喧嘩《けんか》は買うに限るからな」

アルマオディはぐるぐる腕を回して笑っていた。

一方、ランデルグは緊張で額《ひたい》から汗がにじみ出ていた。

（さっきの動きは見えなかった。おそらく年齢に見合わない能力の持ち主。アデル様が連れてきたお方だ。本当に魔王ということもあり得る、むしろそのつもりでかかるべきだろう。でも、そんな相手でも肉薄しないとこの王国から貴族の膿《うみ》を出すなんて夢のまた夢だ。今の俺にどこまでできるか……)

木剣を握る手に力が入る。

額から汗が流れる。

先ほどの速度はランデルグも全く反応ができなかった。

つまり攻撃を予測して後の先を打つ。

ランデルグにできることはただそれだけだった。

アルマオディが動き出すその瞬間の動きを読み、その攻撃に併せてランデルグは力の限り木剣を振るう。

相手は子供。力勝負なら自分に分があると信じて。

「ほう、まさか我の攻撃に合わせられる人間がいるとは思わなんだ」

しかしアルマオディはまだまだ余裕がある様子だった。

「ぐっ……」

ランデルグが自身の持てる力で剣を振るったにもかかわらず、涼しい顔のアルマオディがそれを受け止めている事実。

それは二人の間に圧倒的な能力差があるということだった。

「ま、参った。どうやらまだまだ俺は修行が足りなかったようだ」

一撃受けられただけでその能力差を感じ取ったランデルグはあっさりと自身の負けを認めていた。

「なんだ、もう終わりか？　つまらんな」

「ははは、これだけ手加減されて強気でいられるはずはないだろう？」

「しかし、我の攻撃を一度受けられただけでもすごいことだ。そのまま精進すると良い」

どこか機嫌の良さそうなアルマオディ。

「ははは、どうやら俺もまだまだですね。もっと鍛えますよ。拾ってもらったからにはアデル様のご迷惑にならないくらいには鍛えないと」

「別に俺としてはこの領地が襲われない程度に皆を鍛えてくれたらそれでいいんだぞ？」

「いえ、それではあなた様の目的を果たせないではないですか。いずれ必ずそのお力になれるように。せめてそちらの少年に一撃を加えられるくらいには鍛えてみせます」

「ほう、この我に一撃をいれると言ったか？　中々面白い奴だ。どうせしばらくこの領地にいるつもりだからな。この我が直々に鍛えてやろう」

何故か勝手に話が進んでいく。

しかし、アルマオディにランデルグを負かすほどの実力があるのは嬉しい誤算であった。

「そこまでしてもらっていいのか？」

「もちろんだ。なに、支払いは我をこの領地に住まわせて美味《おい》しいものを食わせてくれるだけで構わないぞ」

あぁ、なるほど。それが目的だったのか。

住むところがないからこそ、自分が力になれることを提案してきているのだろう。実際にその力を目《ま》の当《あ》たりにしてはそれを拒《こば》む理由もなかった。

「わかった。食事はメルシャの料理を。あと、住むところは町のどこかに家を準備しよう。それまでは俺の館に住んでくれ」

「契約成立だ」

俺はアルマオディと固い握手を交わす。

まだ少し怪しいところはあるものの、この領地を滅ぼすつもりなら兵を鍛えることはしないだろう。

その一点からも彼はストーリーには絡《から》まないモブキャラ、という認識で良さそうだった。

たとえこの世界に魔王が複数いるのだとしても、この領地を滅ぼす気がないなら敵ではないのだから――。

◇◇◇

アルマオディの仕事が本格的に決まり、再び領地に平穏が訪れた……かに見えた。

そんなときに俺は父から呼び出しを受けるのだった。

「父上、どうされましたか？」

「もうまもなくメジュール伯爵がこの領地に到着する。粗相《そそう》のないようにな」

「わかっております」

「本当に……、わかっておるな？」

「もちろんにございます」

何故か怪訝《けげん》な表情を向けてくる父クリス。

相手は危険な悪徳貴族。

そんな相手に対してわざわざ自らの身を危険に晒《さら》して手を出すなんて真似をするつもりはない。

むしろ俺としてはさっさと今回の視察を終わらせてくれる方がいい。

「わかっておるなら良い。下手なことをすると争いになるからな」

なんだろうか。

まるでその言い方だと俺がトラブルを引き連れてきているように思える。

むしろこの領地に起こりそうな問題を先回りして解決しているだけなのにな。

今回はメジュール伯爵の視察、ということだが、ただそれだけでこの辺境の地までやってくるはずがない。

おそらくは視察にかこつけて賄賂《わいろ》を要求してくるつもりなのだろう。

そうなってくると渡せる金がこの領地にはないことが問題になる。

「父上、その……、この領地に相手に握らせる金なんてあるのですか？」

「……ないな。だからこそ精一杯もてなすしかないのだ」

「一応何かあったときのために私専属の兵を待機させておきますね。有事の際には言ってください」

「ははは、今までそういったことはなかった。これからも起こるはずない」

むしろこれから起こるからこそ警戒してるんだけどな。

でも、まだ早すぎる。

実力行使まではしてこないと思うが……。

「では、私はこれで失礼します」

父の執務室を出ると俺は自分の部屋へと戻った。

するとそこにはシアとカインが待っていた。

「いかがでしたか、アデル様」

「やはりカインの情報通りメジュール伯爵がやってくるらしい。対応は父上がするみたいだな」

「かしこまりました。でも、なにやら浮かないご様子ですが……」

かれこれ三年以上の付き合いだ。

しかも観察力の優れるカインに隠し事はできなかった。

「わざわざこんな何もない辺境の地に伯爵が来る理由には何があると思う？」

「……視察ではないのですか？」

「この王国に真面目に視察するような貴族がいるはずないだろ？　大抵は金なり宝石なりを求めてくる。でも、ここにはそういったものがないことは相手もわかってるはず。つまり何か別の理由があるはずだ」

「簡単なことじゃ」

シアがソファーに寝転がって、テーブルに置かれたクッキーをかじりながら言う。

「ものでも金でもないなら領の破壊じゃろ」

「……やはりそう思うか？」

「それらの可能性が完全に否定された場合じゃがな」

この領地が滅ぼされる理由の一つにメジュール伯爵が絡んでいるものがあり、それが進行し始めた、ということが考えられる。

「大量に武器を買ったという情報もある。戦いになりそうか……」

王国最強の魔法使いと呼ばれる伯爵は伊達《だて》じゃない。

シアがこちらに付いているとはいえ、まだろくに兵が整《ととの》っていない今の状況で果たしてどこまで対抗できるものか……。

「妾の結界を破れるようなら相手にしてやろう。撃たれた魔法を反射する優れものじゃから、それを破れるなら相応の力を持っているはずじゃ。今から腕が鳴るのじゃ」

嬉しそうに笑みを浮かべるシア。

「シアが全力で暴《あば》れるとそれだけで領地が破壊されるかもしれないし、ほどほどに頼むよ」

「約束はできかねるのじゃ」

「まぁ、そうならないように立ち回るさ。カインは俺の身辺を守ってくれ。しばらくは一緒に行動するぞ」

「はいっ、わかりました」

カインが恭しく頭を下げてくる。

すると、その瞬間に何かが壁に当たったような鈍い音が聞こえてきた――。

◇◆◇

メジュール伯爵は恰幅《かっぷく》のいい男性だった。

高そうな宝飾品がいくつも付いた、いかにもな貴族の服を着て、移動は常に馬車。

手には先端に巨大な魔石が付いた長い杖《つえ》を持っている。

そんな彼は今レイドリッヒ領へと向かっていた。

「まだ着かないのか!!」

「あと半日ほどの距離かと」

「ウマくらい使い潰しても構わん。急がせろ」

「はっ！」

苛立《いらだ》ちを隠しきれないメジュール伯爵。

そもそもわざわざ離れた辺境地への視察なんて行うつもりはなかったのだ。

しかし、最近は商店を作りやたらと羽振りが良いと聞く。

あんな辺境地では金などあっても仕方ない。

だからこそ自分が有効活用してやろう、ということでわざわざ出向いているのだ。

あの地の領主はなんでもヘコヘコと頷く、事なかれ主義の人物である。

ちょっと脅せばあっさり金を差し出してくるであろう。

そうする方法は簡単だった。

まずは相手を萎縮させるために、軽く町へ魔法を放つ。

ほどほどに建物が壊れて、街の人間が慌てている姿が目に浮かぶようだった。

メジュール伯爵は杖に魔力を込め、魔法を練り上げていく。そして、それをレイドリッヒ領へ向けて放っていた。

「行け！　火の弾丸《ファイアーバレット》!!」

メジュール伯爵の杖から鋭い火の光線魔法が放たれる。

最強の魔法使いとも言われるメジュール伯爵。

当然ながら防がれることは想定していない。

そもそも自分の魔法を防げる相手などいないのだから考える必要もない。

そんな絶対の自信の下、放たれた魔法だったのだが、町を傷つけることなく結界によって防がれる。

しかもそれだけではなく、メジュール伯爵が放った魔法は、威力そのままに彼へと跳ね返されていたのだ。

「な、なんだと⁉　ぐわぁぁぁ……」

予想外の反撃に身を守る術《すべ》なく、メジュール伯爵は魔法の直撃を受けるのだった。

# 第7話　大神殿の企《たくら》み

「一体何の音だ!?」

俺は大慌てで状況把握に努めていた。

「妾《わらわ》の結界に蚊が攻撃を加えてきたようじゃな」

「……蚊？」

その割には派手な音が鳴ったような気がする。

しかしよく考えてみると、今この領地に向かってくる勢力はメジュール伯爵以外にいない。

わざわざ視察に来るのにその前に魔法をぶっ放す馬鹿がどこにいるだろうか？

いくら伯爵が変わった人物とはいえ、そこまで頭が悪くはないはずだ。

そうなると近くの魔物が襲ってきたのか？

たしか蚊の魔物もいたな。見た目が気持ち悪い奴《やつ》が。もしかすると森方面のスタンピードが起こる前触れなのかもしれない。

「シア、西の警戒を強めておいてくれ」

「……？　わかったのじゃ」

シアは不思議そうに首を傾《かし》げていた。

「魔物が活発になったのなら北方面もあり得るのか。それならカインにも注意を促《うなが》さないとな」

「そんな兆候があるのか？　妾は気づかなかったが？」

「何を言ってるんだ？　今お前が言ったことだぞ？」

どうも俺とシアの間で微妙なズレが生まれているような気がする。

ここは状況のすり合わせが必要そうだった。

「一応確認するぞ？　さっきの音は蚊が鳴らしたものなんだよな？」

「そうじゃ」

「そいつは魔物だよな？」

「そうなのか？　確かに豚みたいな奴が魔法を放った風《ふう》じゃったが」

つまり蚊というのは比喩《ひゆ》的表現で実際は豚のような人？が魔法を突然放ったようだった。

それを聞いた俺は冷や汗が流れる。

そんなわけがないと思っていたが本当に伯爵がいきなり魔法を撃ってきたのか？

なんでそんなバカなことを？

いや、王国最強の魔法使いとまで言われている伯爵のことだ。なんの考えもなしに魔法をぶっ放すはずがない。

おそらくはこの領地に結界が張ってあることにいち早く気づき、異変を察知。

敵の結界と認識して襲ってきた。

ありそうだな。

もしそうなら今回の視察ではその姿を見せることはないだろう。

それどころか、結界の強度を確認したわけなのだから戦力を整《ととの》えて改めて攻めてくるだろう。

「ランデルグを呼ばないとな。近々争いが起きる」

「くくくっ、妾の腕の見せ所じゃな」

「味方には攻撃するなよ？」

「大丈夫じゃ。お主には当てん」

「味方は俺だけじゃないからな」

伯爵領の兵ともなれば相当の数がいるだろう。

数じゃどう転んでも勝ち目はないために圧倒的力を持つシアがやる気なのはとても助かる。

◇◇◇

俺の予想は半分当たっていた。

メジュール伯爵が視察に訪れることはなく、父クリスが緊張の日々を過ごす羽目になっただけだった。

しかし、何故《なぜ》か伯爵が改めて襲ってくることはなかった。

シアの結界が想像以上の強度があり、それを警戒して兵の編制に想像以上に時間がかかってるのかもしれない。

もし、そうであるなら嬉《うれ》しい誤算である。

うちの兵はやはり練度に不安が残るのだが、ランデルグの特訓により日に日にそれは解消されている。

時間は俺たちの味方をするのだ。

そして、結界を攻撃されてから一週間が過ぎようとしたとき、東の街道から一台の馬車がやってきた。

こんな辺境の地にわざわざ馬車でやってくる相手は視察目的の貴族くらいしかいない。

ついに待ち望んでいたメジュール伯爵がやってきたのかと父クリスは嬉しそうに領地の入り口にまでわざわざ馬車を出迎えに行っていた。

「父上が襲われないようにフォローしてくれ」

「かしこまりました」

俺の側にいたカインが恭しく頭を下げると次の瞬間にはその姿を消していた。

まさかただ遅れていただけ、ということはないと思うが、そうすると別の貴族が来た可能性もある。

しかし、この領地に来そうな別の貴族に心当たりはなかった。

「妾が行ってぶっ飛ばしてこようか？」

「いや、それは最終手段だ。全く危険のない相手かもしれないだろ？」

まだ、ただ馬車に乗った人が来ただけ。

父上が先走りすぎているだけも容易に考えられる状況である。

「アデル様、来訪者の正体がわかりました」

先ほど行ったばかりのカインがすぐに戻ってくる。この様子だとどうやらメジュール伯爵ではなさそうだった。

「一体誰がどんな目的で来たんだ？」

「それは――」

カインが言うより先にその人物が走ってくる。

金の長い髪は三年前より伸びており、子供らしかったその顔は、より大人に近づいてきている。

小さかった背丈《せたけ》もずいぶんと伸びており、大人の色香が次第に見え隠れするようになってきた。

そんな俺に向けて大きく手を振ってくるその人物の正体は、聖女フレアであった。

元気に走りながら嬉しそうに笑みをこぼすその姿から、彼女が聖女であると気づくものはどれほどいるだろうか。

「フレア様、お久しぶりにございます」

「お会いしたかったです、アデル様」

フレアは俺の手を取るとぶんぶんと上下に振ってくる。

ただ、以前の彼女からは想像もできないほどの腕力がついていた。

「アデル様から頂いたこの指輪のおかげで治癒魔法が昔みたいに使えるようになったんですよ。そのことのお礼が言いたくて……」

「いえ、お力になれたのなら幸いです」

確かに彼女の能力にも努力の痕跡が見て取れる。

フレア・ラスカーテ
レベル：12
称号：【邪神に愛されし者】【聖女】
スキル：【精神異常：1】【怪力：1】
魔法：【光：0】【闇：3】【回復：5（＋1）】

大神殿の腐った上層部によって魔法適性を下げられる、という事態は回避できてるようだな。

回復魔法を使えるようになったことで『聖女』という称号もしっかりついている。

やたら力が強かったのは以前にはなかったスキルの影響か……。

彼女の成長を数字で感じていると、フレアは笑みを見せながら言ってくる。

「今日からお世話になりますね」

「……えっ？」

俺、何も聞いてないぞ？　確認のためにカインやシアに視線を送るが二人とも首を振っていた。

一体どういうことなのだろうか？

「あの……、もしかしてお忘れになられましたか？」

「そ、そんなことありませんよ。以前会ったときの話ですよね？」

「はい、そのとおりです！」

何も覚えてない、とは言い出せずに適当に答えたのが正解を引いてしまい、フレアが嬉しそうにしていた。

「時間がかかってしまいましたけど、自分の神殿を造る許可をもらったんですよ。これでいつでもアデル様に会いにくることができますね」

「あっ、そういうことですか。また会いに来ていいと言いましたしね」

ようやく以前にフレアが来たときに何を言ったのか思い出す。

しかしそれと同時にレイドリッヒ領に神殿ができるなんて予想外の出来事である。

ゲームの作中だと神殿はデータセーブや状態異常の回復、死者の復活を執《と》り行《おこな》ってくれる、大きな町には必ずある建物である。

しかし、滅びてしまったレイドリッヒ領にはそんな建物は存在しなかった。

その点においても大きくゲームの展開との違いが生まれているのだった。

「あと、アデル様に大神殿上層部についてご相談したいことがあるのです――」

先ほどまでの表情とは一転して、フレアは深刻そうに言ってくる。

「あまり聞かれない方がいい話ですか？」

フレアが頷《うなず》いたので俺はカインたちに視線を送る。

「では私たちは部屋に戻っていますので」

「ど、どうしてじゃ？　妾は一緒に」

「良《い》いから行きますよ」

シアがカインによって引きずられていった。

その様子を苦笑しながら見守る。

「騒がしくて申し訳ありません」

「ふふっ。いえ、楽しそうで羨《うらや》ましいです」

「では館の客間に行きますか」

「はい、ありがとうございます」

フレアが丁寧にお辞儀をしてくる。

そして、俺たちは客間へと移動した。

テーブルを挟んで向かい合うように座る。

「それで大神殿上層部のことでしたね。いかがでしたか？」

「……アベル様の仰《おっしゃ》るとおりでした。教会への寄付金の大半を懐《ふところ》に収め、より賄賂《わいろ》を納めるものを優先して治療した形跡を見つけることができました」

やはりゲーム開始以前から不正を行っていたようだ。

「それじゃあ、回復魔法が使えなくなったことも？」

「いえ、その原因はわからなかったです。神官長も売りである聖女たちの回復魔法をわざわざ使えなくさせる意味がないですから」

フレアは顔を伏せて言う。

邪神絡みは全く別の者の思惑《おもわく》だったのか？　ゲームでも大神殿上層部は自分から動くような悪党ではなく小悪党だったもんな。

「さすがに調べれば調べるほど黒さが見えてきて、自分が何のために頑張っているのかわからなくなって……。それに神官長たちが私の話をしているのを聞いて、逃げるためにこの辺境の地に神殿を造る話をしてなんとか王都から抜け出してきたんですよ」

「なるほどな。それは正解だったかもしれませんね」

自分が身の危険を感じたのならそれは相当まずいところまで踏み込んでいたということだろう。

「でも、供の者もいないんですね」

以前ならば数人は彼女の側に控えていた。

しかし、今回はそれもいない。

子爵の息女にそのような扱い、本来なら考えられないことだった。

「それは私が辞退させていただきました。神官長の息のかかった者が送り込まれると思いましたので——」

「そうかもしれませんが、道中も危険があったのではないですか？」

ここレイドリッヒ領の周りはお世辞にも治安が良くない。

大盗賊だったランデルグは仲間に引き込んだものの、それでも別の盗賊が出ていた。

数人はランデルグが勧誘と称してこの領地の兵として雇ってはいるが、全員を雇えるだけの金銭はこの領地にはなかった。

「それはしっかり護衛を雇いましたから大丈夫です。信頼できる腕利《うでき》きの方を紹介していただきまして。今はアデル様とお会いするので席を外してもらっていますが、後で紹介させていただきますね」

「それは楽しみですね」

ゲームでも護衛依頼は儲《もう》けが多く、経験値も稼《かせ》げる良いイベントだった。

しかも、護衛対象もＮＰＣとして戦いに参加してくれるためにレベルが低くてもイベントをクリアできるのだ。

特に目的地の先にいるボスは経験値が多く、良いアイテムまでくれるのだからやらない理由がないほどだった。

護衛はもし今後俺が金を稼ぐ必要が出てきたときにはやろうと思っていたことの一つである。

そのためには先に経験をしている経験者から話を聞けるのはありがたい限りである。

そのはずなのだがどうにも引っかかる部分があるのも事実である。

「王都でわかったことは以上になります。アデル様はどう思われますか？」

おそらくフレアが聞きたいのは俺が神官長について、どう思うのか？　黒か白か、ということだろう。

「さすがに神官長はわかっててやってると思います。ただ、彼が邪神信仰という異常なものに動かされているわけではなく、賄賂によって動いているだけということがわかったのは大きな収穫ですね」

警戒すべきは彼の背後に付いている人間だろう。

「あと、以前にお話しした神官長に紹介された人ですが、少しだけ思い出したことがあるんです」

「……どんなことですか？」

「それが私、初めて会う人なのに何故か全くその人のことを疑わなかったんですよ」

さすがにそれは変だな。

普通どんな人でも初対面の人では緊張したり、警戒したりするものだ。

それをさせないということは何かしらの能力なり魔法なりを使われたのだろう。

「その人は本当にそれまで会ったことがない人なのですか？」

「それは間違いないはずです！」

「……わかりました。その人は警戒すべき相手でしょうね。もし他にもわかったことがありましたらまた教えてください」

「はいっ！」

元気に返事をするフレアを俺は微笑《ほほえ》ましく感じるのだった。

◇◇◇

「いずれ神殿は用意するとして今日のところはこの館に泊まるということでいいですか？」

「もちろんです。あっ、でも私の護衛たちはこの領地の宿に泊まるかもしれませんね」

「この領地に宿はありませんよ？」

「えっ⁉　ほ、本当ですか？」

フレアが驚きの表情を浮かべていた。

よそでは考えられないことであるが、ここにはほとんどやってくる人間がおらず、領内を見て回るものがないことから宿は後回しとなっていた。

ただ、ここ最近はこの領地を訪ねてくる人間が増えている。

主に俺が行っている保身のための改革のせいである。

「あの大変申し訳ないのですが――」

「わかっております。その護衛の方々にも部屋を準備させてもらいます」

「申し訳ありません。ありがとうございます」

フレアは安心した笑みを浮かべていた。

◇◆◇

レイドリッヒ領の西にある沈黙の森。

あまり危険な魔物がいない割にはシアが封印されていたダンジョンがあったり、森の奥にはエルフ族が住まう隠れ里があったりと、やたらと重要な場所が隠されている。

危険がない理由の一つにエルフ族が守っている大木、世界樹がある。

その周囲では魔物たちは浄化されまともに歩くことすらできなくなる。いざ世界樹を切り倒そうと攻め込んでも、弓や魔法が得意なエルフたちの迎撃を受けて追い返されるだろう。

しかし、ゲーム開始時にはこの沈黙の森にも凶暴な魔物たちが生息しており、エルフの隠れ里には人影一つなくなっていた。

エルフ族が隠れ里を捨てて逃げ去る理由。

突如世界樹が瘴気《しょうき》によって汚染され、それに伴って魔物たちが凶暴化してそのままレイドリッヒ領に雪崩《なだれ》こみ、領地が滅びる。

その第一段階である、瘴気に汚染されたエルフの追放イベントが今まさに起こっていた。

「ど、どこに行こう……」

六歳くらいの女の子供のエルフが顔色を悪くしながら、森の中を歩いていた。

銀色の長い髪はボサボサに乱れ、服装は至るところが破れている。

靴は履《は》いておらず、足取りはふらついている。

まだ弱い魔物しかいないとはいえ、こんな状態で襲われでもしたらひとたまりもない。

「どうしてこんなことに……」

少女はつい昨日まで両親と裕福ではないものの幸せな生活を送っていた。

それが今朝《けさ》になり、突然自身が黒のモヤに覆《おお》われたかと思うと精霊と話すことができなくなり、少女はそのまま隠れ里から追い出された。

両親は泣いていたが、この黒いモヤは他のエルフにも移る感染症らしい。

泣く泣く追放に従った少女はこれからどうやって生きていこうか考えていた。

しかし病気の自分を受け入れてくれる場所はないだろう。

このまま死んでいくのかもしれない。

そう考えると、悲しみが押し寄せてくる。

「どうしてこんなことに……」

何度目になるかわからないため息をつく。

そんなときに彼女の前に狼《ウルフ》の魔物が姿を見せる。

「ひ、ひぃ……」

初めて見る魔物に少女は体を震わせ、恐怖のあまり声が漏れる。

「ぐるるぅ……」

少女に気づいたウルフはそのまま彼女に近づいていく。

「た、助けて……」

里の外に知り合いはいない。

助けてくれる人などいないとわかっている。

それでも助けを呼ばずにはいられなかった。

すると――。

「我の助けを欲したか？」

突然金髪でややつり目の少年が少女の前に現れる。

「あ、危ない……」

餌が二つに増えた、とウルフは喜び勇んで爪を立ててくる。

しかし、少年が振り向かないまま手に持っていた木剣を振るうとウルフは吹き飛ばされ、木に体をぶつけて意識を失っていた。

「この程度の腕で我に挑むなど、片腹痛いわ」

「あ、あの……」

「なんだ？」

「わ、私を……」

少女は心臓の鼓動が速くなっていた。

こんなこと、初めて会った人に頼んで良いのかわからずに、それでも他に頼める人もいない。

息をのみ、緊張を押し殺し、なんとか声を出す。

「わ、私を助けてくだしゃい……」

最後に思いっきり噛《か》んでしまい、少女は顔を真《ま》っ赤《か》に染め上げるのだった。

◇◇◇

夕方になり、フレアに護衛たちを紹介してもらうことになった。

ただ、何かあっては困るからと俺の側もカインとシアが同席している。

「お待たせしました。こちらが私をここまで連れてきてくれた護衛の皆さんです」

やってきた護衛は以前ここに来たことがある騎士たちだった。

「お久しぶりです、アデル様。アランドールにございます」

彼らを見た瞬間に、俺は警戒心を強めていた。聖女であるとはいえ、一介の子爵令嬢であるフレアを護衛するにはあまりにも仰々しい格好をしている。

紹介してもらった相手は国の息がかかった騎士だった。

それは俺にとってはあまり喜ばしくない事でもあった。

なにせこの領地には騎士団を抜け出したランデルグがいる。

相手があまりにも予想外だったためにランデルグは隠れていないので、下手をしたら見つかってしまう可能性があるのだ。

俺はカインに視線を送る。

カインは頷き返していたが、今この場から出ていくのはあまりにも目立ちすぎる。

ランデルグに話をしに行くのは、この後になるだろう。

「お久しぶりです、アランドールさん。王国騎士の方は護衛の仕事までされていたのですね」

俺の言葉にアランドールは苦笑を浮かべていた。

「実は王国騎士は辞めたのです」

「どうしてですか?」

「仕事が全うできなくて、風当たりが強くなったのですよ。でも今では自由気ままなこの仕事の方が向いているとも思っております」

腐ってると思っていたが、想像以上に今の王国はまずい状態なのかもしれない。ゲームではそこまで酷《ひど》く見えなかったのだけどな……。

完全に彼の言葉を信用するわけにはいかないので、今すぐにランデルグに会わせるわけにはいかないが、今の言葉が本当だとわかればランデルグの助けになってくれるかもしれない。

この領地の戦力が強化されるのはいつだって歓迎だ。

「あっ、今の言葉は忘れてください。別にこの王国に不満を持っているわけではないのです」

「ええ、わかっておりますよ。それより部屋のご用意ができております。ゆっくりくつろいでくださいね」

「本当にありがとうございます」

カインにアランドールたちを案内させる。

部屋には俺とフレア、シアだけが残される。

「お知り合いの方だったのですね」

「以前この領地にいらしたことがある人なんですよ」

「世間は狭いのですね」

◇◇◇

フレアも部屋に戻っていった後、俺はシアと話し合っていた。

「つまりなんじゃ。あの、娘の魔法適性を下げている存在がいると言うんじゃな？」

「間違いなくいる。大神殿の関係者かと思ったがどうやら奴らは金を積まれて聖女を売っていただけのようだ」

「がめつい奴よの。まぁ、妾も知らぬような能力じゃ。神官ごときが使えるはずがなかろう」

「やっぱりシアにも心当たりはないか？」

「全くないかと言われたら、可能性のある奴は数人挙げることができるな」

やはりシアは魔女だけあって、知識が豊富である。

ゲームの知識しか持ってない俺からしたらとても頼りになる存在だ。

「あくまでも妾と同程度かそれ以上の魔法適性を持つ人物、というだけの話じゃ。それでも良いか？」

「もちろんだ。今はまるで見当がつかない状況だからな」

「わかったのじゃ。まずは魔王とその四天王じゃ」

確かに魔王ギルガルドはラスボスに相応《ふさわ》しい力を持っていた。

アイテムでギルガルドの能力を封印して初めてまともに攻撃を加えることができるほどの強大な力を持っている。

それほどの力を持っているなら魔法適性を下げるような魔法を知っていてもおかしくはないだろう。

しかし、四天王の方はどうだろう?

シアには悪いが正直そこまでの力を持っているとは思えなかった。

火、水、土、風の四種を司《つかさど》る魔族軍の長。

ただ、ゲームでは成長途中の主人公に倒される程度の能力しか持っていないのだ。

仮にもレベルをカンストしてるシアと同程度の能力があるとは思えない。

「四天王もか?」

「もちろんじゃ。むしろ今の魔王より四天王の方がそういう卑怯な手を使いそうなのじゃ」

「そうなのか?」

「特に『闇のギルガルド』なんてこういう禁術が好きそうじゃ」

「ちょっと待て。ギルガルドは魔王だろ?」

「アデルこそ何を言っておるのじゃ?　ギルガルドが魔王のはずがないじゃろ。確かに四天王筆頭ではあるが、現魔王はそんな能力を持っておらん」

……なるほどな。まだこの時点だと魔王は先代ということになるのか。

そして、ゲーム開始までに魔王の座をギルガルドに譲るのだろう。

「それなら魔王は相当歳《とし》を取ってるんだな」

「妾と同じくらいじゃぞ？」

「……まだまだ現役じゃないか⁉」

「当たり前じゃ！　あと数百年は魔王は変わらんと思うぞ」

つまり現魔王を倒し、ギルガルドがその座を奪い取る。これがゲーム開始までの正式なストーリー展開なのだろう。

ただシアを以《もっ》てして倒せないと言わしめる相手を倒す方法なんてあるのだろうか？

「ギルガルド、怪しいな」

「じゃろ？　確証は得てないが妾も一番怪しい奴じゃと思っておるぞ」

「ちなみに魔王と四天王の他にはどういった奴がいるんだ？」

「エルフ族の中に稀《まれ》に生まれるという高魔力を持つハイエルフ。闇に堕《お》ちたエルフであるダークエルフ。人の中に稀に生まれるという賢者。あとは大精霊……じゃ厳しいか。精霊の長、精霊女王あたりじゃないかの？」

「意外といるんだな……」

「まぁこのあたりは確実に現れるとは言い切れぬから噂《うわさ》を集めるところからにはなるじゃろうな」

確かに適性を下げる能力を持っているというのもあくまでも仮説に過ぎないことだもんな。

ただシアが口に出したハイエルフたちは間違いなく存在している。

疫病で滅んでしまった故郷を復活させたいと願うハイエルフの少女。

同じく故郷が滅んでしまったことを恨み、その原因を作った相手を憎み、大きな力を手に入れたダークエルフの少女。

いずれ精霊女王と心を通わせるドルイドの少女。

全てゲームの攻略キャラである。

更にもっと言うと魔王討伐前に主人公が持つ称号に『賢者』がある。

確かに主人公が成長して、レベルをカンストまで上げればシアにも十分対抗できる能力になるな。

それにゲーム開始前の行動ともなればほとんど情報がないのだ。

彼女らの誰かが魔法適性を下げるような魔法を使えたとしても不思議ではない。

考え事をしていると急にシアが俺の前に立つ。

「アデル、敵襲じゃ！」

ガシャァァァン‼

シアの言葉と共に部屋のガラスが割れ、窓から少女を抱えたアルマオディが現れる。

「魔王め。こんなところにまで現れたか！」

シアが冷や汗を流しながら鋭い視線をアルマオディたちへ向ける。

えっ？　こんな少女が今代の魔王なのか？

アルマオディが抱えている少女の顔色はあまり良くなかった。

とてもじゃないが戦える様子には見えなかった。

「アルマオディ、一体その子はどうしたんだ？」

「我に聞かれても困るな。助けを求められたんでここに連れてきたまでだ」

「そうだとしてもわざわざガラスを割る必要はなかったんじゃないか？　誰が直すと思ってるんだ」

「我の登場だぞ？　派手にしてなんぼであろう？」

「……次からは普通に扉から入ってきてくれ」

どうにも派手好きで困るな。

でも、助けを求められるってもしかして既に魔王のイベントが発生してるのか？　ただ、やはりこの少女がシアを倒せるほどの強者《つわもの》にはとても見えない。

「とりあえず部屋を用意するか？」

「うむ、頼む」

アルマオディと話がついた瞬間に扉が開き、慌てた様子のカインが入ってくる。

「アデル様、大丈夫ですか⁉」

「大丈夫だ。それよりも病人がいる。部屋の用意とあとフレアを呼んでくれないか？」

「か、かしこまりました」

部屋の惨状を見ながらもカインは俺の頼みを優先してくれる。

ただ一人、警戒していたシアは話に付いていけずにポカンとしていた。

「何故《なぜ》魔王と親しくしておるのじゃ⁉」

「親しくって、アルマオディは前から領地にいるぞ？」

「だからなんで普通に領地に大魔王がいるのじゃ⁉」

「だからそやつじゃ！　大魔王アルマオディ！　子供でも知ってる名前であろう⁉」

「魔王？　誰のことだ？」

「えっ？　本当に魔王だったのか？」

「我は初めから魔王と名乗っておったぞ」

アルマオディは胸を張って偉ぶっていた。

そういえば確かにアルマオディは初めから自分のことを魔王だと言っていた。

ランデルグすら圧倒する力も見せていた。

鑑定すら阻害してみせた。

ここまでの要素が揃《そろ》っていながら何故俺はアルマオディが本当の魔王だという可能性を除いてい

たのだろうか？　それはもちろん魔王はギルガルドである、というゲーム内知識のせいである。

しかし、今はゲーム開始の五年前である。

しかも俺自身がレイドリッヒ領を守るために物語にかなり介入してしまっている。

もはやゲーム内知識は役に立たないのかもしれない。

それはそれで困るな。

主人公にはしっかり腐った王国を破壊して、新しい国を興してもらわないといけないのだ。

そこまで済んで初めて世界に平和が訪れ、レイドリッヒ領にも安寧が訪れる……はずなのだ。

「アルマオディが魔王ということはわかった。色々と腑《ふ》に落ちないが飲み込むことにしよう」

「良い、我が許そう」

「ただ本物の魔王ならどうして一人でこんなところにいるんだ⁉　おかしいだろ？」

「我が復活したときに誰もおらず、腹が減ったから近くの町へ寄っただけだが？　まぁ、ここでの生活が気に入っておるでな。適当に魔王の座は譲って隠居させてもらおうと思っている」

また勝手なことを……。

「復活ってことはシアみたいにどこかで封印されていたのか？」

「どうにも我の力を脅威に思ったものがいるようだ。つい油断してしまってな」

魔王ほどの力を持つ相手を封印できるものがいるのか。既に勇者が動いている、とかか？

このゲームのメインヒロインの一人である勇者は主人公と共に力をつけていくから、先代勇者とかがいるのかもしれない。

もしそんな人間がいるのなら、この領地の脅威となりそうだ。

「まさか我の好物である最高級ウルフ肉を罠《わな》に使って部屋から抜け出せなくさせるなんて。これ以上巧妙な罠はない。しかも食っているうちにつっかえ棒で部屋から出られなくさせるなんて」

……どうやら黒幕も何もない、うっかりで部屋から出られなくなっただけのようだ。大方肉に釣られて知らない家に入り込んだ罰《ばち》があたったのだろう。

「どうせここに滞在する代わりにとんでもない対価を要求するのであろう？」

「くくっ、当たり前であろう？　我が滞在するのだぞ。それ相応のものは頂かないとな。もちろんアデルとは契約済みだぞ？」

「う、嘘《うそ》じゃや。だってアデルは特に変わった様子がないではないか。いや、西の方で変な気配があるな」

シアが指を鳴らすと小さな光が蝶《ちょう》に姿を変えて飛んでいく。

「この変な気配、お主のせいじゃろ？」

「……我は何もしておらんぞ？」

「しかし、魔の気配じゃ」

「魔物くらいどこにでも生息してるからな」

さも当然のようにアルマオディは言ってのける。

「二人とも、そのくらいにしておけ。今はあの子の治療じゃないのか？」

一向に話が終わりそうになかったので二人の間に割り込む。

「そ、そうじゃな。あのチビ助はどこから誘拐してきたのじゃ？」

「我が誘拐なんてするはずないだろ。助けてほしいと言われたから連れてきた、とさっき言っただろ？」

それってまた何か厄介ごとを持ち込んだのでは……？

「とにかく詳しい話はあの子の治療が終わってから聞くしかないな。ちょうど良《い》いタイミングでフレアがこの領地に来てくれて助かったな」

◇◇◇

用意された部屋のベッドに少女を寝かせるとすぐにフレアがやってきてその症状を調べていた。

「アデル様、ちょっと良いですか？」

「なにかあったのですか？」

フレアの深刻な表情を見て、俺は治療ができないのでは、と少し不安になった。

「この子の症状なのですが、原因がわかりました」

「……疫病？」

少女が朦朧《もうろう》とした様子で聞いてくる。

「確かに集団感染する、って点では疫病ですね。でもこの子の場合、原因は瘴気《しょうき》になります」

「……瘴気？」

「はい。ですので、通常の病気治療ではなく、浄化の魔法が必要です」

「浄化……、聖女が魔を祓《はら》い状態異常を回復する回復魔法の一種ですね」

効果としては呪いによる状態異常を回復させる、というものだったと思うが、その呪いというのが瘴気のことだったのだろう。

「でも集団感染するってことはここにいる皆にも魔法をかける必要がありそうですか？」

俺の質問に少女はビクッと肩を震わせて青白い顔を浮かべていた。

「それは大丈夫ですね。瘴気は人から人にも移ると思われてますが、実際は原因のものから人へ感染《うつ》るだけのものなんですよ。だからここでは、この子の浄化が終わればおしまいなんですけど……」

「この子を感染させた原因の瘴気がまだ残ったまま、ということですね」

「そうなんですよ。何か変なものに触ったり、とかしませんでしたか？」

フレアが少女に問いかけるが彼女は首を横に振っていた。

「えっと……、その瘴気？　って治療をしなかったらどうなるの？」

「ゆっくり体内を蝕《むしば》んでいき、いずれ衰弱しますね。浄化魔法以外に治療方法がないものなので……」

「なるほど、それでアルマオディはここまで連れてきたのか」

「我は浄化とやらは使うことができんからな」

まぁ、魔王はどちらかといえば瘴気を撒《ま》き散《ち》らすようなイメージだもんな。

「一応この子の瘴気はもう取り除きましたので、次第に体調が戻ると思いますよ」

「ありがとう…」

「いえ、これが私のできることですから。でも――」

フレアは視線を少女に向ける。

彼女の言いたいことはわかる。

原因を取り除かないと永遠にこの子のような症状の者が出る、ということだ。

「なるほど、それは厄介だな」

アルマオディは腕を組み、考える。

「そうなのですよ」

フレアが同意する。

ただ俺は何が厄介なのか理解できなかった。

「どういうことだ？」

「先ほどお話ししたとおり、瘴気はものから人へ移るものなのですよ。つまりこの子を治したとしても原因を浄化しないとこの疫病は終わらないのですが、問題はこの子がエルフということなんです」

　少女が再び肩を震わせていた。

　確かによく見ると少女の耳は先が少しだけ尖《とが》っている。

「他種族を排除する排他的な種族……。そんな者の住むところで瘴気が広まってるのなら、エルフが滅びるまで永遠に広がり続けるぞ？」

　アルマオディが深刻そうに言う。

「治療だから、と行くことはできないのか？」

「人が近づこうものなら攻撃魔法で迎撃してきますよ……」

　そうなるとエルフの里はどう足掻《あが》いても絶滅してしまうのか？　何か手はないだろうか？

「んっ？　あぁ、あの西の方で感じた魔の気配は瘴気であったのか？　それならもうとっくに浄化し終えたぞ？」

「えっ？」

　シアが当たり前のように言うので、俺は思わず聞き返してしまう。

「気になるなら妾《わらわ》が連れていこうか？　妾とアデル、それとあと一人くらいならどうにかなるじゃろ。エルフの長《おさ》とは知り合いじゃからな」

「そ、それなら私を連れていってください！」

　手を挙げたのはフレアだった。

「うむ、わかったのじゃ。それなら今日は早めに休むと良いぞ。明日の早朝に出かけるのじゃ」

こうして俺たちはエルフの村へ出向くことが決まったのだった――。

◇◇◇

「あ、あれっ？　ここは？」

目を覚ました少女はキョロキョロと周りを見回していた。

「私……、助かったの？」

原因がろくにわからないまま黒いモヤに包まれて、そのままエルフの里を追放されてしまった。

「そ、そうだ。この黒モヤは人に感染《うつ》っちゃうんだった。そ、それじゃあ私を助けてくれた人の……」

そのことを考えると胸が苦しくなる。

自分がただ苦しい分には怖いけど耐えたら良いだけだ。

しかし、それを他人にまで感染《うつ》してしまうのだったら話が別である。

助けを求めてしまったばっかりに自分を救ってくれたあの人を苦しめてしまう。それがすごく苦しくて胸を締め付けてきた。

「やっぱり私……、助からない方が良かったんじゃ……」

「どうしてだ？」

「だって、私を助けてくれたあの人を苦しめてしまう……えっ？」

「我が苦しむ……だと？　そんなことができる奴《やつ》がいたら見てみたいな」

「ど、どうして黒モヤが……？」

自分の黒いモヤは近づいたもの皆に感染《うつ》る呪いと聞いていた。

そのせいで自分はエルフの里を追い出されたのだから。

「うむ？　そなたを苦しめておったのは瘴気による呪いであろう？　そんなもの魔族の王たる我に効くはずがなかろう」

「魔族の……王⁉　って魔王⁉」

「ふははっ！　そのとおり！　我こそは最強にして唯一無二の存在、大魔王アルマオディ・ガルディバルだ！」

アルマオディが高笑いをする。

それを見た少女は体を震わせていた。

「あ、あの……、わ、私は、その……、美味《おい》しくありませんよ？」

「貴様は食い物なのか？」

「ち、違いますよ」

「それは残念だ」

「えっ⁉　や、やっぱり食べるつもりなのですか⁉」

少女は後ずさる。

するとアルマオディは楽しげに笑い声を上げる。

「ははは、食うわけないだろ？　こう見えても我はグルメだ。我に飯を食わせたいなら相応の料理を持ってくるのだな」

「わ、わかりました。頑張って作ります……」

何故か自分が料理を作る流れになっていた。

「まだ良い。今は体が治ったところであろう？　ゆっくり休むと良い」

エルフを恐怖に陥《おとしい》れる存在であるはずの魔王が意外と優しくて、少女は困惑してしまう。

でも自分に何かをするつもりならウルフに襲われたときにわざわざ助けないはず。

——あっ、私、まだ助けてもらったお礼を言ってないんだった……。

「あの、ありがとうございます……」

「んっ？　いきなりどうした？」

「助けてもらったのにお礼も言ってないなって」

「気にするな。たいしたことはしておらん。片手間程度だ」

「魔王様にはそうでも私にとっては命を助けてもらったわけですから……」

「ふむ、そうだな。そこまで言うなら存分に感謝すると良い」

両手を腰に当てて存分に胸を張る。

その様子がおかしくて少女は初めて笑みをこぼす。

「うむ、そうして笑っている方がいいな」

「あ、ありがとうございます……」

恥ずかしくなって顔を赤く染める少女。

「ところでお前……」

「ルインです」

「んっ？」

「私の名前、ルインです……」

「ルインだな」

「はいっ。えへへっ……」

名前を覚えてもらい、ルインは嬉《うれ》しそうに微笑《ほほえ》む。

「あっ、そ、それでどうして私、治ったのですか⁉　里の治療師でも治せなかったのに……」

エルフは魔法を得意としている種族である。

それなのに一般的な瘴気による病すら治せなかった。

その理由は簡単である。

「簡単なことだ。治せるほどの魔法レベルがなかった、ということだ。瘴気による病を治そうと思ったら回復魔法のレベルが最低でも５は必要なはずだからな」

「えっと……。えへへっ」

　魔王の説明では簡単じゃなかったようで、ルインは笑って誤魔化す。

「回復魔法がすごく得意な奴じゃないと治せないということだ。この領地には運良く聖女がいたわけだ」

「聖女様はどこに？　その方にもお礼を言わないと」

「聖女ならここの領主の子息と魔女と一緒にエルフの里へ向かったぞ？」

「も、もしかして私の病気のせいで？」

「いや、それはもう原因の瘴気ごと治し終えてるな」

　ルインはポカンと口を開けていた。

「い、いつの間に……。でも、これでエルフの里は大丈夫なのですね？」

「いや、そういうわけではないな。確かに病気の原因たる瘴気は既にない。しかし、瘴気は魔界以外では自然発生するものではないぞ」

　だからこそアデルはわざわざ直接エルフの里へ出向いたのだろうとアルマオディは予想していた。

「原因はおそらく奴だろうしな」

　アルマオディにはとある人物の姿が浮かんでいた。

　そして、本来ならその人物の相手はアルマオディがしないといけなかったのだ。

「アデルには借りを作ってしまったな。んっ？」

アルマオディの気配察知に複数人が引っかかる。それもかなり大勢の人間の気配だ。

それと同時にいつの間にか部屋から出ていっていたカインが再び戻ってくる。

「アデル様は今どこに？」

「まだエルフの里へ行ったままだぞ？」

「くっ、こんなときに……」

カインは相当余裕がない様子だった。

「何があった？」

「メジ《ぶ》ュー《た》ル伯爵が大神殿の神官たち、それに無数の兵を連れてこの領地へ向かっております」

「ほう、もしかしてアデルがいない隙《すき》を突かれたか」

「それはわかりません。しかし、このまま相手を放置するわけにもいかないでしょう」

「本来なら領地の防衛は領主の役目だ。アデルの父親は何をしてる？」

「ようやく伯爵が来てくれた、と歓迎の準備をしておりました」

「状況のわからない愚鈍、ということだな。わかった。アデルには借りがある。今回は我が動いてやろう」

アルマオディは不敵な笑みを浮かべていた。

「大丈夫ですか？　私やランデルグさんなどは動けますが」

「いや、いらん。ちょっと魔法を見せてくるだけだ」

アルマオディの体から迸《ほとばし》る魔力。

「その……、危険なことはしないでくださいね。私の手料理を食べてもらわないといけませんから
……」

「我を誰だと思ってるんじゃ？　これでも魔族最強だぞ」

笑顔で転移魔法を使ったかと思うとものの数分で戻ってきた。

「終わったぞ」

「……えっ⁉」

今さっき出ていったところなのに一体何をしたのだろうか、とカインはすぐさま伯爵軍の様子を調べに行く。

するとしっかり全滅してるという情報を仕入れることができたのだった――。

◇
◆
◇

「くくっ、奴め。今度こそ目にもの見せてやる」

豚伯爵と陰で言われているメジュール伯爵は、利害が一致した大神殿の神官や神殿騎士を引き連れてレイドリッヒ領へ向かっていた。

大神殿側も聖女の一人が怪しい動きをしているから、と内々に消そうと企てていたのだ。

目的が同じなら、と互いが互いを利用しようという協力関係になっていた。

どうしても高威力の魔法を使うには時間がかかる。そこが伯爵の弱点である。

しかし、神殿騎士たちが肉壁になれば、その間に魔法を使うことができるはずだった。

「完璧な布陣だ。これなら負けることも……」

「貴様が豚か？　なるほど、見事な豚具合だな。魔法の適性はどうだ？　まぁいいな。我の邪魔をする奴だけかかってこい」

突如として現れたアルマオディは、いきなり威圧を放っていた。

魔王の圧倒的な威圧を前にして、弱い兵たちは次々に倒れていく。

「まぁ、何人か残るか」

「くっ、一体お前は何者だ⁉」

「答える義理はないな」

アルマオディが指を鳴らすと次の瞬間に流星のように魔法が降《ふ》り注《そそ》ぐ。

「ぐ、ぐおぉぉぉぉぉ‼」

伯爵は必死にシールド魔法を使うが、その程度の壁、アルマオディの前にはないに等しい。

あっさりと壁を貫通して、伯爵はそのまま衝撃を受け遥《はる》か彼方《かなた》へと吹き飛ばされていた。

殺傷能力のない、ただ相手を吹き飛ばすだけの魔法なので、極力殺さないというアデルとの約束も守れるだろう。

　更に同様の魔法を兵たちにも使うと彼らもそのまま飛ばされる。

「吹き飛ばしてやるだけなんて我も優しくなったものだな。仕事も終わったし、戻るか」

　再び指を鳴らすと最初からそこに誰もいなかったかのように、アルマオディの姿が消えていたのだった。

◇◆◇

　エルフの里へと向かう俺たち。

　ただ、俺としては普通に森の中を歩いていくつもりだったのだが、何故か空の遊覧旅行と洒落込《しゃれこ》んでいた。

「落ちます、落ちます、落ちますよぉ……」

　隣でフレアが涙目になりながら全力で俺にしがみついていた。

　そもそもしがみつくなら俺よりも飛行の魔法を使っているシアの方だと思うのだが。

「中々面白い光景じゃの。もっと速度を上げようかの？」

「ほどほどにしてくれ」

「も、もうダメですぅ……」

気を失ったフレアを仕方なく抱える。

「役得じゃの」

「どこがだ。それよりも飛んでいく必要があったのか？」

「当然じゃ。こんな面白い光景を見られるのじゃからな」

「歩いていくか？」

あきれ顔をシアに向けながら言う。

「待て待て！　もちろん理由は別にある！」

「先にそれを言え。どういう理由だ？」

「エルフ族は森に人を道に迷わせる結界を張っておるのじゃ。だから歩いていけば面倒なことになる」

「なるほどな」

そんなものがあったのか。

ゲーム内だとエルフの隠れ里も滅んだあとだから結界はなかった。

でも冷静に考えると隠れ里というくらいなのだから、そう簡単に見つからないようにしていてもおかしくなかった。

「空からなら入れるのか？」

「そういうことじゃ」

しっかりとした理由があって良かった。

これで散っていったフレアも報われるだろう。

もしここでフレアの意識があったのなら「死んでません！」と言うところだったのだろうが、あいにく気絶している彼女は話すことができなかった。

◇◇◇

エルフの里へたどり着くとゆっくり地上へと降りていく。

すると、その瞬間にエルフたちに囲まれる。

ある者は弓を構え、またある者は魔法の準備を終えている。

一方の俺たちは戦力にならない俺と未《いま》だに気絶しているフレア。あとは最強クラスのシア。

うん、全く負ける気がしなかった。

「人間！　エルフの里に何の用だ！」

「長を呼んでくるのじゃ！　シアーナが来たと言えば伝わるはずじゃ！」

「どこの誰ともわからぬ人間を会わせられるはずないだろ！」

「なら力ずくで通らせてもらうが良いのか？」

シアの体を目に見えるほど強大な魔力が覆《おお》う。

それを見ていたエルフが思わず息をのむ。

「と、通らせるわけにはいかん！　我々は長を守らねば……」

「その意気やよし。苦痛なく逝《い》かせてやろう」

「殺してどうするんだよ……」

口を歪《ゆが》め楽しそうな表情を浮かべるシアはもう悪役そのものにしか見えなかった。

思わず俺はあきれ顔になる。

「し、しかしな、アデル。適度に痛めつけるのは大事じゃぞ？」

「痛めつけるのと殺すのは全然違うだろ？」

「あの、さすがにエルフの人たちをこのまま放置するのはどうかと思うのですけど……」

いつの間にか目を覚ましていたフレアが申し訳なさそうに言ってくる。

「そうじゃな。確かにフレアの言うとおりじゃ。待たせてすまない。今楽にしてやる」

シアが手に魔力を込める。

「ま、待ってください！」

エルフたちとシアの間に割って入る少女のエルフ。

彼女の姿を見た瞬間にエルフたちは戦闘態勢を解《と》いていた。

「どけ、ミーナ！」

「どきません！　長がこちらの方々を連れてこいと言っておられますから」

んっ、ミーナ？

俺は彼女の名前に引っ掛かりを覚える。

確か攻略キャラの一人がそういう名前だった。疫病からなんとか逃げ延びたハイエルフの少女だな。

「し、しかし、危険だ！」

「問題ありません。こちらの方が本気になれば我々くらい容易に滅ぼされますから、と長の言伝《ことづて》をいただいてます」

「ちっ、確かにあの魔力、どうやっても勝てないよな」

エルフたちが素直に引く。

「では、シアーナ様、アデル様、フレア様。長の下へ案内させていただきます。付いてきてください」

一度頭を下げたミーナは俺たちに背を向けそのままゆっくりと歩いていく。

どうしたものか、と俺が視線をシアに向けると彼女は頷《うなず》いていた。

「彼奴《きゃつ》は長の巫女《みこ》。ハイエルフたる長は滅多なことで人前に姿を見せぬからな」

「えっと、ハイエルフはそんなに数が少ないのか？」

「少ないも何もハイエルフは長だけじゃな」

「なるほどな」

「あの、付いていかなくていいのですか？」

ついつい止まって喋《しゃべ》り込んでしまうと、フレアが声をかけてくる。

ミーナは少し行った先で立ち止まり、苦笑を浮かべていた。

「すまない。すぐに行く」

俺たちは小走りにミーナの後を追いかけていくのだった。

◇◇◇

案内された先は巨大な大木の根元にある神社風の建物の中だった。

部屋には顔を隠した女性が座っていた。

長く美しい白銀の髪をしたエルフの女性である。

そのすぐそばにミーナが控え立つ。

すると女性が口を開く。

「久方ぶりですね、シアーナ。既に亡くなっていると思いましたよ？」

「妾がそう簡単にくたばるわけないじゃろ。それよりもそなたこそとっくにくたばってると思ったぞ！　ティルミナ」

言葉で応酬をする二人。

俺は黙って二人のやりとりを聞きながらも、視線はミーナの方に向けていた。

エルフらしいスレンダーな体型。

長い耳と輝きを帯びた薄い青色の髪。

幼さを残しながらも整《ととの》った顔つき。

やはり攻略キャラのハイエルフ、ミーナだった。

成長したら最大火力の魔法を放てるが、そこまでが遅いキャラだ。

うん、成長が遅いという部分には共感が持てるな。

「飲み物でもお持ちしましょうか？」

ミーナが俺に声をかけてくる。

そういえばゲーム中も気がきく少女だった気がする。

「いや、大丈夫だ。それよりも聞きたいことがある」

「なんでしょうか？」

「ここにハイエルフは二人いるのか？」

「いえ、ハイエルフは長だけですよ？」

「でもミーナもハイエルフじゃないのか？」

俺の言葉にシアと話していた長の視線が俺の方を向き、ミーナの動きが固まる。

「ど、どうしてそう思うのですか？」

そこで作中でミーナが語っていたハイエルフの特徴を思い出しながら言う。

「確かハイエルフは普通のエルフよりもさらに長寿であるが故に見た目が幼くなりやすい。更に比較的成長が緩やかながらも圧倒的な魔力を持っている。その魔力を求めて精霊が寄ってきやすい、とかじゃなかったか？」

あとはハイエルフが使う魔法は精霊魔法と言われる、どの属性にも属さないものだった。でも、これはハイエルフだけの秘匿事項らしいのでここで口に出すのはまずいだろうと言わなかった。

まぁ、作中のミーナはそのことをあっさり主人公たちに話してしまうのだが――。

「わ、私は普通のエルフですよ？　そんなに魔力を持ってないですよね？」

ミーナは一瞬動揺を見せたもののすぐに冷静な態度で接してくる。

「確かに今は低めだな。でも魔力の素質は圧倒的じゃないか？」

実際に素質の鑑定はできないが、ゲームのおかげで彼女がどのように成長していくのかは大体把握している。

ただ、ミーナはすごく驚いていた。

「ま、まさか素質まで鑑定できる方だとは……」

「もしかして、口に出したらダメなことだったか？」

「いえ、隠していた私の落ち度です」

「なるほど、影武者か。しかし、能力自体もティルミナの方があるから妾はすっかり騙《だま》されてしまったぞ」

　面白そうに笑いながらシアが言う。

　ミーナがため息をつくとティルミナが座っている場所へとゆっくり向かう。

　すると、ティルミナは頭を下げてその席を譲っていた。

「まさか気づかれるとは思わなかったですよ。確かにアデル様の仰《おっしゃ》るとおり、私がこの里の真の長、ハイエルフのミーナ・ユグドランダ・シャルミナスです。シアーナ様、今まで騙していて申し訳ありません。改めてよろしくお願いしますね」

　笑顔を見せているもののその視線は完全に俺をロックオンしていた。

　もしかして俺、標的にされてないか？

◇◇◇

「どうして影武者を？」

「ハイエルフは何かと命を狙われるのですよ。おそらく目的は世界樹なのでしょうが」

　どんな傷も癒《いや》すと言われる万能の薬が作れる世界樹。

　確かに多少無茶してでも欲しいという輩《やから》が現れるのはおかしい話ではない。

　ただミーナは悲しそうに顔を伏せていた。

「何かあったのか？」

「先日、とんでもない魔法の攻撃を受けまして……。それ以来、世界樹の様子がおかしいのですよ」

俺はシアの方に視線を向ける。

すると、シアが俺にだけ聞こえるように小声で言ってくる。

「わ、妾は攻撃魔法なんて使っておらんぞ？　あれは浄化魔法じゃ」

確かにフレアがエルフの少女に浄化を使ったときは何も起きなかった。

それと同じ魔法なら世界樹を傷つけるなんて考えられない。

「もし良かったらその世界樹、見せてもらうことはできないか？　こう見えてもシアは魔法のエキスパートだし、フレアは聖女だ。何かわかるかもしれないぞ？」

「ミーナ様、人間を世界樹のところに連れていくなんて里の掟《おきて》に反しますよ」

ティルミナは反対していた。

「しかし、このままでは打つ手がないのも事実です。このタイミングで皆さんが来たのも神の思《おぼ》し召《め》しかもしれません。私が直接監視するという条件下でならいかがでしょうか？」

「もちろん俺たちはそれで構わないぞ」

「では早速行きましょう」

「お待ちください。それでしたら私も同行させていただきます」

結局俺たちは全員で世界樹の下へと向かうことになった。

◇◇◇

神社風の建物を奥へと進んでいくと厳重に鍵が掛けられた扉が現れる。

「下手に侵入者が現れても困りますので、普段は扉は封印されてるんですよ」

ミーナが懐《ふところ》から鍵を取り出して扉を開ける。

すると、目の前に空が見えなくなるほど巨大で神々《こうごう》しい大木が姿を現す。

「すごいです……」

フレアが思わず感嘆の声を上げる。

「なるほど。瘴気に汚染されてたのは此奴《こやつ》じゃったか」

「えっ？　どういうことだ？」

シアの言葉に思わず俺は聞き返す。

「この世界樹はほとんど力を失っておるのじゃ。おそらくは長い間、瘴気に蝕まれておったんじゃないか？　それ以外にここまで世界樹が力を失う理由なんて考えられんのじゃ」

「瘴気……、ですか？」

ミーナは真剣な表情で考える。

「この場所に入れるのは限られた人だけで……」

「ちなみに誰がここに入れるんだ？」

「基本的には私だけです。あとは一人二人、付き添いの者が来るくらいで……」

「つまり、その付き添いの中に瘴気を放った奴がいるわけだ」

「そ、そんな、同朋の中にそんなことをする人がいるはずないですよ」

ミーナは青ざめた表情を浮かべていた。

口では否定しながらも内心は理解していたのだろう。

同朋が世界樹に瘴気を浴びせたのか、それともそれができる人物を外から招き入れたのか。

それは判断がついてない様子だったが。

「この世界樹、今も機能してるのか？」

「かろうじて力は残ってますね」

「妾の浄化のおかげじゃな」

先ほどまでとは打って変わり、嬉しそうにシアは胸を張っていた。

「本当にかろうじてです。いつまでこの里の結界が持つかもわからなくて……」

「結界というとこの里に入れないように森で迷わせるための？」

「それだけではありません。この里に魔物たちが襲ってこないような障壁のような役割も果たしてくれていたのですよ。それはなくなってしまったので――」

次の瞬間に巨大な衝突音が鳴り響き、大木が揺れて、葉っぱを散らしていた。

「このようにいつ魔物に襲われてもおかしくないのですよ」

「ふむ、少し見てみるのじゃ」

シアはじっくり鑑定も使いながら世界樹を眺《なが》めていた。

「もうほとんど魔力を宿しておらんのじゃ。搾りかすのような魔力を無理やり引き摺《ず》り出してこの結界を維持している。さすがにこの状態じゃどうすることもできんのじゃ」

「そ、そんなことありません！　聖女の秘術を使えば魔力の譲渡も……」

フレアが口を挟むが、すぐにその口を閉ざしてしまう。

その理由は簡単で聖女の秘術、というのは、光と回復の複合魔法であった。

何とか回復魔法のレベルは元に戻ったフレアだったが、光魔法の方はまだ0のまま。

しかもそれなりのレベルで使えないとろくに魔力譲渡も行えない難しい術であった。

「気にかけてくださってありがとうございます。やはりこのままではどうすることもできないのですね……」

「世界樹に寿命が来たらそのあとはどうするんだ？」

「おそらくここに大量の魔物が現れると思うんです。だから、私たちは安住の地を求めてばらばらに旅をするしかないかもしれないです」

何とかしてやりたいと思ったが、今の俺にできることは何もない。いや、このままエルフ族が散り散りになることだけは避けられるかもしれない。

「それなら良い考えがあるかもしれない」

「……えっ？」

ミーナが驚き、俺の方を注視してくる。

「シア、世界樹を治せとは言わない。この里に魔物や悪意あるものが襲ってこない結界を張ることはできるか？」

「っ⁉」

世界樹ありきで考えていた自分には思いつかない発想にミーナは声を詰まらせる。

「その程度、朝飯前じゃ。結界の維持には魔力もいるからアデルの領地を守ってる程度の結界で良いかの？」

「もちろんだ。ミーナはどうだ？」

「そ、そんなことが本当にできるのですか？　せ、世界樹の力を借りなくても？」

「シアに任せておけば大丈夫だ」

「わかりました。私がエルフの皆を説得しますので、里の結界の設置、お願いしてもよろしいですか？」

「うむ、わかったのじゃ」

こうして、来るときより元気が出たミーナは多少の笑みをこぼしながら館へと戻っていく。

その後ろ姿を何故かティルミナは鋭い視線で睨《にら》んでいた。

◇◇◇

館へ戻ったミーナは早速里を代表する数人のエルフたちを呼びつけていた。

「のう、妾はもう結界を張って良いのか？」

そわそわした様子のシアが聞いてくる。

「流石《さすが》に確認前に結界を張るのは良くないから。……ミーナ個人に結界は張っておける？」

「もちろんじゃ。少し大きくなるかもしれんけどな」

そういうとシアはミーナに結界魔法を放った。しかし、ミーナの格好は以前と変わらなかった。

たくさんの大人のエルフに囲まれた子供のようにしか見えない。

「よく集まってくれた！　これからエルフの去就について考えたいと思う」

「我々が生き延びるにはもはやこの地を去るより他ない！」

「そうだそうだ！」

一番大柄な狩りを得意としてるというエルフの男が言うと周りの取り巻きが賛同していた。

「我々は世界樹と生きる者。世界樹をなくして生きていけるはずがない！」

お互いの意見が対立してしまい話が進まない。

「長はどのようなお考えで？」

「私ですか？　私はみんなの意見をまとめた新しい案、『ここに住むけど、世界樹の結界ではなく、魔法使いの結界に頼る』を提案したいです！」

「それこそ絵空事ではないでしょうか？　それほどの結界を張れるものがこの里におりますか？」

「里にはいないですね。だからこそこの人たちの力を借りるつもりです」

そこでようやく俺たちの出番がやってくる。

「人間風情ではありませんか⁉」

「ですが私とは比べ物にならないほどの魔法を放っていました」

「し、しかし……」

「それならここでその結界の力を見せてもらいませんか？　ちょうど先ほど魔物が襲ってきたばかりですし、いつもと同じなら数時間後に再び襲ってくるわけですから、そこを目掛けて結界を張ってもらいます」

「失敗したらこの里の終わりじゃないですか⁉」

「どちらにしても何もしなかったら滅びてしまうんですよ？　それなら力を借りてでも生き残る道を模索したいです」

「しかし、それではまるでそこの小僧の下に付く、という風に取れるが？」

そのことは考えていなかったのか、ミーナの動きが固まる。

「いや、俺は別にそこまで考えていたわけじゃな……」

「それが一番良さそうですよね。どうでしょうか？」

ミーナの発言に場がざわつきだす。

少し迷っていたようだが、なんとかミーナの意見に統一することができたようだった。

ただし、実際の結界の強度を見てから。

それ次第でエルフ族が俺の下に付くことを許容する、と。

それは別に望んでいないのだが？

そう思いながらシアにエルフの里にも結界を張ってもらう。領地と全く同じものを。

「張り終えたのじゃ。もうここは大丈夫じゃ」

シアが無事に結界を張り終えると何故か即行で結界が発動していた。

ティルミナともう一人、エルフの男性が何故か結界によって遥か彼方へと吹き飛ばされていった。

「な、何故バレた⁉　この完璧な変装を……」

そんな声が聞こえた気がする。

◇◇◇

「な、何が起こったのですか⁉　ど、どうしてティルミナが⁉」

ミーナが困惑の声を上げていた。

自分の最も近くにいたティルミナが結界によって吹き飛ばされたのだからそう言いたくなるのもよくわかる。

「この結界で吹き飛んだってことは……そういうことなのか？」

「うむ、彼奴らはこの里に対して悪意を持っていた、ということじゃ。少し広範囲じゃが『この里、もしくは世界樹に敵対心を持つ者と我々に好意的じゃない魔物の侵入を防ぐ』結界なのじゃ。幅を持たせてあるが故に必ず封じられるわけではない。ゆめゆめ忘れるんじゃないぞ」

「どうしてティルミナが……。ずっと二人で頑張ってきたのに……」

シアの言葉はミーナには届いていないようだった。

するとフレアがそっとミーナを抱きしめる。

「きっとティルミナさんにも守るべき何かがあったのですよ。別にミーナさんのことを嫌ったわけではないはずですよ」

実際のところはわからない。

ただ、作中でエルフの里が滅んでも、ミーナだけは生き残って主人公たちと行動を共にするようになっているあたり、ティルミナが直接ミーナを襲うということはなかったとわかる。

「そうだな。ミーナ個人のことを狙っていたならいつでも殺《や》るチャンスはあっただろうからな」

「それならいいのですが……。あっ、すみません。私ったら情けないところをお見せしてしまって……」

「いえ、お気になさらないでください。それよりもお疲れのように見えますが、少しお休みになられた方が良くないですか？」

「私なら大丈夫です。それよりもアデル様、これからよろしくお願いしますね」

ミーナが微笑みかけてくる。

「んっ？　どういうことだ？」

「先ほど言ったじゃないですか⁉　エルフの里はアデル様の下に付くと」

「それって俺の配下に入るということか？」

さすがに数人配下に加わるのとはわけが違うが大丈夫だろうか？　エルフたちは里から出てこないわけだし、気にするだけ無駄だろうな。

それに自給自足の生活ができているわけだから結界以外に手を加える必要もない。

「しかし、一体誰がこのエルフの里を滅ぼそうとしたんだ？」

隠れ里はゲームでもレイドリッヒ領と同様に序盤に滅んでいる。

その原因が書かれることはなかったために、複数の要因があるのかもしれない。

「彼奴らが飛んでいった先は北じゃったな」

シアが呟《つぶや》く。

北ということは魔族？

「でもアルマオディがエルフを襲う理由はなくないか？」

「奴は封印が解かれてすぐにレイドリッヒ領に来てるじゃろ？　そもそも魔族に復活したことを知られておるのか？　知らないなら魔族を今治めているのは誰じゃ？」

「……ギルガルドか」

「確率は高そうじゃな」

そうなると魔族が直接レイドリッヒ領を襲ってくる可能性があるな。

より一層警戒をしておかないと。

その瞬間に結界が少し揺れる。

「何かあったのか？」

「何者かが攻撃してきたようじゃな。まぁ、妾の結界の前に敵はいないがな。今頃攻撃してきた奴は焦《あせ》っておるじゃろうな」

シアが高笑いをしていた。

本当にシアが敵に回らなくて良かった、と俺は安堵《あんど》の息をつくのだった。

すると、本当にエルフの里が守れたことに安心したのか、世界樹が弱々しい光を放ったかと思うとそのまま光ごとはじけ飛ぶ。

「えっ？」

「ど、どうして世界樹が⁉」

俺もミーナも驚きの声を上げる。

「安心してください。世界樹の力は残っていますから」

フレアが視線を向けた先には光を放っている苗木があった。

「ふむ、それは世界樹の苗木じゃな。時間はかかるがいずれ世界樹へと成長するであろう」

「そうみたいですね。最後の力を振り絞ってこの苗木を作ったのかもですね」

「よ、良かったです……」

「……ちょっと待て！　フレア、その称号は？」

「えっ？」

俺の言葉にフレアは驚く。

フレア・ラスカーテ
レベル：15
称号：【世界樹の巫女】【聖女】
スキル：【怪力：4】
魔法：【水：1】【風：1】【土：1】【光：3】【回復：8（＋1）】

「戻ってる⁉　アデル様、私……、私……」

「あぁ、良かったな」

世界樹にこんな効果があったんだな。

フレア自身の魔力適性がかなり上がり邪神の加護が消えていた。

嬉しそうに涙ぐむフレア。

そっと俺に頭を預けてくるので、彼女が泣き終えるまで俺はそのまま胸を貸すのだった——。

◇◆◇

ティルミナとエルフの男はそのまま魔族領のとある館まで吹き飛ばされていた。

「一体何があったのですか?」

「わかりません。突然飛ばされましたので」

「我々の変装がバレた……とかですかね」

「しかし、エルフ族ですら気づかなかったのですよ? ろくに会話もしていない人間風情に気づけるものなのですか?」

「しかし、それ以外に我々だけが里から飛ばされる要因がないですよね?」

エルフの男が必死に考えるが、結論としてはやはりどこかで自分たちがエルフではないとバレてしまったのだという結論になってしまう。

「お前たち、何を騒いでおる!」

ティルミナたちの耳に威圧感のある声が聞こえてくる。

それを聞いた瞬間にティルミナは顔を青ざめさせて、思わず膝《ひざ》をついていた。

それはエルフの男も同様である。

姿を見せたのは細身ながらもしっかりと鍛えた体をした魔族の男性だった。

長い黒髪、金色の二本の角、黒い羽と尖った尻尾《しっぽ》。

いかにも悪魔然とした姿の男は威圧をまき散らしながらティルミナを蔑むように見ていた。

「ギルガルド様、申し訳ありません」

「良い、それよりもあの厄介な世界樹は消してきたか？」

「いえ、あと一歩のところで消滅を見届けることができませんでした。しかし、もう復活ができないほど弱らせることはできました」

「ふむ。まだ息はあるようだな。なら……」

ギルガルドは手に魔力を集め、それを放つ。

最上位魔法を涼しげに放つあたり、ギルガルドの圧倒的な力を窺《うかが》い知ることができる。

「これで世界樹も終わりだ。んっ？」

ギルガルドが放った魔法が威力を倍増させ戻ってくる。

「グワァァァァァァァ」

思わず声を上げるギルガルド。

完全に油断しきっていたために一切《いっさい》の防御をせずにそのまま受けてしまったのだ。

満身創痍《そうい》で膝をつくギルガルド。

既に虫の息であった。

「お、俺の魔王になる夢がこんなところで――」

ギルガルドが世界樹を狙った理由は三つあった。

その一つが世界樹の持つ膨大な魔力で、それを己《おの》がものとするために瘴気で力を奪っていたのだ。

二つ目は世界樹のせいで人間世界では闇魔法の効力が弱くなっている。それを解消して世界征服の足がかりにすること。

最後に世界樹がなくなったら、エルフ族の中に復讐《ふくしゅう》に身を任せたダークエルフが生まれるかもしれない。それを味方陣営に引き入れることだった。

それだけの力をつけたならば、かの大魔王アルマオディを討ち倒し、自分こそが魔王になれると思っていたのだが、まさか志半ばに倒れるとは思わなかった。

ギルガルドの姿はそのまま闇に消えていった――。

◇
◆
◇

レイドリッヒ領を襲おうとして返り討ちに遭ったメジュール伯爵は満身創痍で自身の部屋で寝込

んでいた。

アルマオディの攻撃を全力で防いだことで攻撃が微妙に逸《そ》れ、一命は取り留めていたのだった。

「くそっ、レイドリッヒめ。この私をここまでコケにするとは……」

「メジュール様、こんなことをしていたら王国に目をつけられて騎士を差し向けられるのではないですか？」

実際には領主のクリスは襲われたことに全く気づいておらず、王国へも何も言っていなかったために騎士団がくることがなかったのだが、本来ならメジュール伯爵は突然他貴族を襲った罪に問われても仕方なかった。

襲い慣れているメジュール伯爵は王国への報告を妨げる準備はしていたのだが、今回はそれも必要なかったのだ。

何事もなくピンピンしてるクリスやレイドリッヒ領に対して、かろうじて一命を取り留めたが、満身創痍で動けないメジュール伯爵。

世間的に襲ってきたのはどちらになるだろうか？　「視察に行こうとしたら突然クリス・レイドリッヒの手の者に襲われた」とでも言えば王国は事実確認をするだろう。

その結果——。

「くふふっ、今度こそ覚悟するといいですよ、レイドリッヒィィィ!!」

# 第9話　騎士団長来訪

エルフの里の問題を解決した俺たちはレイドリッヒ領へと戻ってきた。

いや、エルフの里も何故《なぜ》かレイドリッヒ領へ加わっているので実際には領内を見て回っただけ、ということになるが。

「お前は付いてきて大丈夫なのか？」

何故か俺たちの後ろにはミーナが付いてきていた。

「元々私の仕事って世界樹を見守ることだけだったんですよ。新しい巫女《みこ》がいるなら私はむしろアデル様との連携を整《ととの》えることに尽力すべき、というのがエルフ族の総意になりますね」

笑みを浮かべるミーナだが、それだけでわざわざもっとも力を持っているであろう長《おさ》を俺たちへ送るだろうか？

何か事情があるような気がしてならなかった。

「あの……、アデル様、少しよろしいですか？」

フレアが不安げに聞いてくる。

「どうかしたのか？」

「ミーナさんのことなんですけど……」

もしかしてフレアは何か情報を摑《つか》んでいるのかもしれない。

「何かあったのか？」

「これは他のエルフの方から聞いた話なんです。ミーナさんには言わないでくださいね」

「もちろんだ」

「実はミーナさん、仕事が全くできないそうなんです。できないだけならまだマシなのですが、本人は必死に手伝っているつもりなのに仕事の方を増やしてくる天才なんです。だから必要な時以外の仕事はほぼ全てティルミナさんが行っていたようです」

「へっ？」

あまりにも予想外な情報だったために聞いてしまう。

「すまん、耳が少し遠くなったようだ。もう一度言ってくれないか？」

「ミーナさん、エルフ族の長でしっかりしてるように見えるんですけど、ドジっ子らしいです」

どうやら聞き違いではなかったようだ。

「厄介払いじゃないのか、それは」

「ですが、実力があることだけは間違いないですよね？」

「確かにそれはそうか。それにトラブルなんてうちの領だと日常茶飯事だもんな」

フレアと俺は苦笑を浮かべながらも、楽しそうに笑みを浮かべるミーナを見て仕方ないなという気持ちになるのだった。

◇◇◇

ようやく館へと戻ってきた。

「何か変わったことはなかったか？」

もしかすると破滅に繋《つな》がる何かが起こっているかもしれない、とカインたちに確認する。

「特に対処できない問題はありませんでした」

「うむ、虫退治程度だな」

カインとアルマオディが同じように言っていた。

それほど大変な問題は起きなかったのだろう。

そもそもシアの結界が張ってあるのだから問題が起こるはずもない。

「アデル様の方はいかがですか？」

「色々とあったな。それで紹介したい人がいるのだが――」

「どなたでございますか？」

「あの……、私はミーナ・ユグドランダ・シャルミナスです」

「誰かと思えばハイエルフではないか？　里にいなくていいのか？」

さすがにアルマオディは彼女が何者か一目でわかったようだった。

「えっと、そちらの方は？」

「そうだな。改めて紹介が必要だな。まず俺はアデル・レイドリッヒ。ここの領主の嫡子だ」

「あっ、領主様ご本人ではなかったのですね？」

不思議な勘違いをされてしまう。

「どうしてそう思ったんだ？」

「だって私をここに連れてくることとか二つ返事で承諾してくれましたし、エルフの里を領地に組み込むことも……あれっ？」

ミーナが急に不安そうにする。

「もしかして、領地に組み込むことって私の勘違いとかですか？」

「それは問題ない。ある程度の差配は任されているからな」

「あっ、そういうことなのですね。良かった……」

ミーナが安堵《あんど》の息をつく。

領地を増やすことをある程度と言って良いのかわからないがおそらく問題ないだろう。

「次に俺の付き人をしてくれているカインだな」

「カイン・アルシウスです。色々とご縁がありましてここで働かせていただいております。何か困ったことがありましたら私にご相談いただけたらお答えいたします」

カインが丁寧に頭を下げるとミーナも同様に頭を下げていた。

ただ、その表情はどこか怯《おび》えたものだった。

「あ、あの、よろしくお願いします。一つお聞きしてもよろしいですか？」

「なんでございますか？」

「カインさんは魔族のかた……ですよね？　それがどうして人族のアデル様のお付きを？」

「アデル様には数え切れないほどの恩があるのですよ。それを少しでも返すためにこうして側付《そばづ》きをさせていただいております」

「別に気にしなくても良《い》いんだけどな。でも、別に種族が魔族だからと差別することはない。ともにこの領地を良くしようとしてくれている仲間だからな」

「仲間……。はいっ！」

ミーナは少し思い悩んでいたようだが、すぐに大きく頷《うなず》いていた。

「次は妾《わらわ》の番じゃな」

シアが嬉《うれ》しそうに胸を張ってくる。

散々ミーナと話していたから今更に思えるが、シアがやりたいのだろう。

ミーナもそのことに気づいているのか、笑顔を崩す様子はなかった。

「シアーナだ。ロリだな」

「シアーナ・ロリ様ですね。よろしくお願いします」

「違うのじゃ‼　妾は偉大な魔女であるシアーナ様じゃ。畏れ敬《うやま》ってシアと呼ぶことを許してやろう」

「シアちゃんですね。わかりました」

「シアちゃん……か。それも中々良いな」

子供扱いされていることに気づいてないシアがどこか満足げな表情を浮かべていた。

「次にフレア……は一緒に行ってたからよくわかるよな？　世界樹の巫女にも選ばれたわけだし」

「そうですね。ここに来るまでにフレア様とはたくさんお話をさせていただきました」

「ほう、世界樹の巫女になったのか。確かに聖なる力を感じるな」

アルマオディが興味深そうにフレアのことを眺《なが》めていた。

「あとは最後にアルマオディだな。魔王らしい」

「うむ、我の名はアルマオディ・ガルディバル。魔族を束《たば》ねる王である」

先ほどまで普通にしていたミーナだったのだが、アルマオディの紹介を受けてからぽかんと口を開けて呆けていた。

「あ、あの……」

「まぁ、我の姿があまりにも格好いい故に見とれてしまうのも仕方ないな」

「いえ、そうではないのですが……」

目に見えるほどがっかりするアルマオディ。

まぁ、見た目が子供なのだから仕方ないだろう。

「ほ、本当に魔王様……なのですか？」

「もちろんだ」

「どうして魔王様がこのようなところにいるのですか？」

「楽しいからだな。飯も美味《うま》いしな」

「それだけ……ですか？」

「それ以上に何かいるのか？」

「で、ですよね……」

何故か諦めた表情を浮かべるミーナ。

まぁ、領内に魔王がいると言われたらそんな表情にもなるか。

「あとは元盗賊のランデルグと商人のリッテ、料理人をしてくれているメルシャがいる。あとは助けたエルフの子が一人いるな」

「エルフの子？　も、もしかしてルインがここにいるのですか!?　でも彼女は瘴気《しょうき》に冒されて……」

「忘れたのか？　ここには聖女のフレアがいるんだぞ？　瘴気の一つや二つくらい彼女にかかれば簡単に治せるぞ？」

気を利《き》かせてくれたカインがルインを連れてきてくれる。

元気そうなルインの姿を見たミーナは思わず目に涙を溜《た》めて、そのままルインに抱きついていた。

「無事だったのですね。本当に良かったです……」

「ミーナ様、苦しいですぅ」

「あっ、ご、ごめんなさい」

ミーナは慌ててルインから離れていた。

そして、涙を流していた目を拭《ぬぐ》うと改めて俺の方を見てくる。

「ありがとうございます、アデル様。もう助からないと思って諦めていたのですが、こんなに嬉しいことはありません。改めて私にできることがあればいつでもお声がけください。アデル様のためにお力添えさせていただきます」

ミーナが大きく頭を下げる。

すると、それと同時にランデルグが勢い良く扉を開けてくる。

「アデル様、あんた何をしたんですか⁉　王国騎士団長がこの領地に向かっている、という話を聞いたんですが⁉」

「はぁ？」

別に何もしてないよな？　どうして王国騎士の団長がわざわざここに？

いや、この領地を滅ぼそうとする勢力が来るのは今に始まったことではないか。

俺がするべきことはただここが滅ぼされないように守りを固めることだけだな。

まさかアルマオディがメジュール伯爵を吹き飛ばした件を調べに来たとは思わずに、完全に守りを固める腹づもりになるのだった――。

◇◇◇

「シア、守りの結界は正常に働いているな？」

「もちろんじゃ」

「ランデルグ、いつ攻めてくるかわからない。シアの結界が破られることを想定して兵の準備を」

「おう、いつでも行けるぜ！」

「カイン、来客の準備だ。おそらく事前に話し合いがあると思う。最低限もてなせる準備を」

「かしこまりました」

「フレアは怪我人《けがにん》が出た場合、任せても良いか？」

「もちろんです。魔力の温存をしておきますね」

テキパキと最悪を想定して考えていた指示を出していく。

すると何故かアルマオディがそわそわとした様子で待っていた。

「我はどんなことをしたらいい？」

「俺と館でお留守番だな」

「な、何故だ⁉　よもや我の力を疑っておるわけではないな？」
「お前は最終防衛ラインだ。皆がやられた後の防衛を頼みたい」
「最終……なるほどな。我にこそ相応《ふさわ》しい仕事だな」
アルマオディは満足そうに頷いていた。
本物の魔王なのだからアルマオディが相当の実力者なのはわかる。
あのシアが怯えるほどなのだから。
しかし、未《いま》だにその実力がどれほどのものかわかっていない。
不確定要素はなるべく計算に入れないようにおきたかった。
ここの結果次第で王国そのものを敵に回すことになるかもしれないのだから――。
……あれっ？　王国と戦う役目って主人公の仕事だよな？
当然ながらゲームではレイドリッヒ領が王国と戦ったシーンはない。
その前に滅びてしまうのだから。
つまりここでは攻撃されることはない。
おそらく話し合いで終わるのだろう。
なんだ、警戒して損をしたかもしれない。
そんなことを思いながら周りを見る。
大魔王やラスボスの一人である魔女、宰相候補、ハイエルフ、盗賊……。

あっ、ダメだこれ。俺たちは討伐される側だ。

せっかくの希望が一瞬で脆《もろ》くも崩れ去ってしまう。

いや、まだ誰も悪さをしたわけじゃない。

あとは正体さえバレなければきっと安全にやり過ごせるだろう。

このときの俺はそう信じていた。

しかし、現実は無情だった——。

◇◇◇

俺の予想通りに騎士団長は容易に結界を越えてきた。

と、いうことは敵意はなく、まだ敵ということではない。

ただ騎士団長に関しては操作キャラになるまでは主人公から見ると負けイベントも多く、いくら最強クラスの仲間を引き連れているとしても油断ならなかった。

敵なら最強クラスなのに仲間にしたら案外弱い、と言われることもしばしば。

しかし対面するとよくわかる。

全身鎧《よろい》姿の重圧は今まで領地に来た誰にもなかったものだった。

「お初にお目にかかる。私は王国騎士団長をしているケイト・ローゼンバーグだ。本日は突然の来訪にもかかわらず歓迎痛み入る」

「こちらこそ有名な瞬光《しゅんこう》のケイト殿にお会いできて光栄のかぎりにございます」

父であるクリスが騎士団長にゴマすりをしている。

辺境の零細貴族としては至極《しごく》当然の行為である。

ただ側に控えていた俺は団長が突然襲ってこないようにその一挙手一投足を注視していた。

「しかし、このような辺境の地にどうして来られたのですか？」

「メジュール伯爵がこのレイドリッヒ領に来ようとした際に突然襲われたという話を聞いて、レイドリッヒ子爵は何か知らないか？」

「私どももあの日はメジュール伯爵を歓迎しようと準備していたのですが、伯爵が来られなくて困惑していたんですよ。まさか襲われていたとは。伯爵はご無事なのですか？」

クリスは心配そうな表情を見せている。

それもそのはずで父は何も知らないのだから当然であった。

それに知っていたならば伯爵が突然レイドリッヒ領に魔法を放ったことを問題にしていたはず。

色々な偶然が重なった結果、この領主側が襲ったと思われる形になってしまったのだろう。

「伯爵ほどの実力者ならたとえ襲われたとしても返り討ちにしたはず。それが一方的に怪我《けが》を負った、というのがあまりにも不可思議なんだ。それについて何かご存じないか？」

いつまでこの張り詰めた尋問のような時間が続くのだろう。

父も額《ひたい》から冷や汗を流して、わけもわからない状況でそれを拭っていた。

「本当に私にはなにが何やら……」

「ケイト様、お話に割って入るご無礼、お許しください」

「そちらは？」

「私の息子のアデルです。後学のために側にいさせたのですが……」

「伯爵様が怪我をされた理由、私の方でわかるかもしれません」

「なんと⁉　それは一体どのような魔物なのだ⁉」

あー……、やっぱりこの領地の人間が怪我をさせたとは思っていないようだ。

恐ろしい魔物が現れたから討伐するつもりで来たのかも。

レイドリッヒ領の結界を越えられたのもそういった事情があるのだろう。

「いえ、魔物ではありません。実はこの領地は外敵の攻撃から身を守るために結界が張ってあるのです。一方的に傷を負ったというのならその結界に攻撃を加えた可能性がありそうです」

「ははは っ、それだと伯爵が突然この領地を襲ったようではないか。そんなことをして伯爵に一体何のメリットがあるというのだ？」

確かに常識で考えたらあり得ない。

「それに伯爵は二回怪我を負った、という話をしていたのだ。一度なら間違いということもあるだろう。しかし、二度目は異端がいるかもしれない、と大神殿の神官や神殿騎士が行動を共にした、という話もある。それを一方的に壊滅させた、というなら一領地が行えることでもない」

んんっ？？　何の話だ？

俺が知っているのはあくまでも一度目の撃退についてだった。

神官や神殿騎士が一緒に襲ってきた？

聖女フレアがいるのに……、いや、彼女がいるからこそか。

フレアが大神殿上層部の動きについて何か察したから消しに来た。あり得ない話ではない。

それに便乗する形で伯爵が共に襲いかかってきた。

そうして結界に反撃を食らう。

……ありそうだな。

しかし、それを説明する方法がない。

むしろここは穏便に帰っていただくのが一番ではないだろうか？

「確かに常職でしたら考えられないことにございますね。浅はかな考えでございました」

「いや、私にはない新しい発想だった。さすがにあまりにも常軌を逸していただけだ」

それが伯爵なんだけどな。

やはり頭の固い騎士団長は建在か。いや、伯爵が馬鹿すぎたのか？

王国最強の魔法使いと名高い伯爵を一方的に負かす戦力がこの領地にあるはずない、と思われているのだろう。

どれもありそうで反応に困ってしまう。

「周囲に危険な魔物がいないかを調査するために、しばらくの間、この領地に滞在させていただきたい」

「それは私どもからしてもありがたいです。私どもはそれほど多くの兵を持っていませんので」

「こんな危険な辺境地であるにもかかわらず兵の数が足りていないのか？」

「すぐ側にランドヒル辺境伯の領地がありますので、いざというときにはそちらに助けを求めに行く手はずになっております」

危険が来たら兵を差し出してくれる、なんてことをランドヒル辺境伯自身ならともかくその娘、エミリナが許容するはずもないけどな。

「なるほど、事情はわかりました。やはりあなた方だけだとメジュール伯爵に手傷を負わせることはまず不可能のようだな。そのように王にも進言させていただこう。あとは周囲の調査だけさせていただく」

「よろしくお願いします」

こうして騎士団長ケイトがしばらくの間、この領地に滞在することになった。

何事もなければ良いが――。

◇◇◇

騎士団長が領に留《とど》まるという予想外の出来事はあったものの、襲われることなく無事に問題を解決できたことはホッとしていた。

それなりに領地には強力なメンバーを集めたが、俺自身は並……と言いたいが、やはり最底辺クラスだ。

とてもじゃないが騎士団長の攻撃を受けることも躱《かわ》すこともできない。

「では、お部屋を用意させましょうか？」

「いえ、我々はどこか宿でも――」

「この領地に宿はありませんので」

「では町の外で野宿を――」

「遠慮しないでください。とは言っても部屋と食事くらいしか準備ができずに申し訳ないのですが」

「すまない。では、ご厚意に甘えさせていただく」

ようやくケイトが折れてくれた。

◇◇◇

警戒をしてくれていたシアたちが戻ってきたので、一度俺の部屋に集まってもらう。

「なんじゃ、何事もなかったのか？」

「今のところは、だな。ただ周囲に魔物がいないかの調査をするらしくてしばらく滞在するらしい」

「面倒じゃの」

「そう言ってやるな。向こうも仕事なんだからな。それよりも豚伯爵が二回怪我したみたいだが、結界で二回吹き飛ばしたのか？」

「いや、一回だけじゃな。妾の結界じゃ。攻撃を吹き飛ばしたらわかる」

シアが言うなら間違いないだろう。

そうなると一体いつ襲ってきたのか……。

「フレアは何か聞いてないか？　神殿騎士とか神官が加わっていたみたいだが」

「いえ、私は全く……」

「そうか」

「あの、アデル様。よろしいでしょうか？」

「どうした、カイン？」

「その二回目の襲撃ですけど、おそらくアルマオディ様が対応された件かと思われます」

「……どういうことだ？」

「ちょうどアデル様がエルフの里に行かれてたときに――」

「あー……、あのときに襲ってきたのか。わかった。領地を守ってくれたわけだから強くは言えないな」

しかし、あのときアルマオディは変わったことはないと言っていた気がするが――、虫？

そういえば虫退治をしたと言っていた気もする。

過ぎたことは言っても仕方ないが、むしろここまで何度も攻めてくるなら逆に対処した方がいい気もしてきた。

「あの豚ども、滅ぼすのか？　ちょうど試してみたい魔法があったのじゃ」

「いやいや、あくまでも対処すべき相手は豚伯爵だけだ。それも俺たちが悪くない形で、だな」

「任せるのじゃ。奴《やつ》だけを燃やし尽くすなど造作もないことじゃからな」

シアが楽しそうな笑みを浮かべていた。

◇◆◇

騎士団長ケイトは案内された部屋に入ると重たい鎧を脱ぎ、ようやくひと息ついていた。

赤色の短めな髪と整った顔立ち。

長身でスレンダーな体つき。

服装は着慣れないエプロンドレスでより一層女性らしさが際立《きわだ》っている。

その姿からはあの威圧感のある騎士団長と同一人物と考える人間はまずいなかった。

それ故に何かを調査するときは鎧を脱いで見て回ることが多い。

そうすることで騎士団長には話してくれない情報をうっかり漏《も》らしてくれることも多かったのだ。

――よし、これならどこをどう見ても一般人だろう。本当にこの町を伯爵が襲ったのか。町の中を見れば容易に判断がつく。町を襲って町人が気づかないなんてことがあるはずないからな。

クルッと一回転をして自分の姿を見る。

無骨者の自分だけど意外と似合っているのではないだろうか？

そんなことを考えていた意外と可愛《かわい》い物好きのケイトだった。

すると、ちょうどそのタイミングで部屋を覗《のぞ》いていたエルフの少女と目が合う。

「あっ……」

「ひゃ……」

少女は大慌てで逃げていく。

「ま、待ってくれ！　今のはその……誤解だ！」

恥ずかしい姿を見られたことで顔を真《ま》っ赤《か》に染め上げながら、ケイトは何故か少女のことを追いかける。

それを見た少女は更に速度を上げて逃げていく。

しかし、ただの少女と騎士団長。

その差はドンドン縮まっていき、そして――。

「はぁ……、はぁ……、や、やっと捕まえた……」

ついには少女を壁際《かべぎわ》に追い詰めることに成功する。

「た、助けて……。食べられる……」

少女は涙目で必死に助けを懇願《こんがん》していた。

「だ、誰が食べるか⁉」

「で、でも、お母さんが知らない人は化けて襲ってくるから気をつけなさいって――」

「私はケイト。騎士……じゃない。ただのケイトさんだ！　これでもう知らない人じゃないだろう？」

「そ、そうなのかな……？」

困惑気味の少女。

こんな様子だと本当に知らない人に連れ去られそうで不安に思えてくる。

「ところで君は？」

普段人目につくところにいないエルフ族がどうしてこんなところにいるのか？

そう尋ねたつもりだったのだが、言葉足らずで全く違う意味に捉《とら》えられてしまう。

「私？　私はルインだよ？」

「そ、そうか」

「うんっ！」

ルインの笑顔を見たら何でも許してしまいそうになる。

思わず頬が緩んでしまう。

「って違うっ!!」

「ひっ」

ケイトの大声に驚いてルインは尻餅《しりもち》をついていた。

「や、やっぱり食べるの？」

「いや、食べないぞ。すまないな、驚かせてしまって」

「ううん、大丈夫」

ルインは立ち上がるとスカートに付いたほこりを払っていた。

「ところでお姉ちゃんはどうしてここにいるの？」

「お姉ちゃん……」

ケイトは呼び方に感動する。

「はぁ、はぁ。す、すまないが今の呼び方、もう一回頼めるか？」

「鼻息が怖いよ、お姉ちゃん……」

引き気味のルインには気づかずにケイトはよだれを垂《た》らしながら彼女に近づく。

しかし、ルインの言葉に慌ててよだれを拭って、しゃんとした格好をする。

「すまない。可愛いものを見てしまうとつい、な」

「可愛いもの？」

ルインがキョロキョロと周りを見る。

その姿にケイトは飛びつきそうになるが、グッと堪《こら》えた。

「ないよ？」

「いや、堪能《たんのう》させてもらった」

「……？？」

首を傾《かし》げるルイン。

「ところで先ほどの質問だな。お姉さんはこの領地を調べに来てるんだ」

「……悪い人？」

「いや、私が悪い人ではなくて、悪いことをしてないか調べる人だぞ」

「アデル様は何も悪いことをしてないよ？　私を助けてくれたんだよ？」

眩《まぶ》しすぎる笑顔を見せられると思わず頷いてしまう。

「そうだな。確かにアデル……様は悪いことをしてないな」

「うんっ！」

「でも、ここに悪い人が襲ってきたんじゃないか？　それはどうしたんだ？」

伯爵を襲った相手。

何故この館にエルフがいるのかはわからないが、しばらくここで暮らしていたのなら何か知っているかもしれない。

そう思い尋ねてみる。

「悪い人？　黒モヤ？　悪い人ならマオー様が追い払ってくれたよ？」

その言葉を聞き、ケイトの動きは固まっていた。

◇◇◇

魔王⁉　魔王とは一体どういうことだ？

まさかその昔に封印されたあの絶対悪が蘇《よみがえ》ったとでもいうのか？

世界の半分を手に入れたとも言われる最強の魔王ではあったのだが、唐突に本人が「疲れた。寝る」と言い残して姿を消したと言われていた。

どこかに封印されているとも言われていたのだが、まさかこんなところにいたとは――。

ケイトの表情が真剣なものに変わる。

黒モヤが何かはわからないが、おそらく良いように言えと魔王に脅されているのだろう。

「大丈夫だ、安心しろ。そんな危険な奴、この私が退治してやる」

「マオー様を退治しちゃダメ‼」

ルインがケイトの服の袖《そで》を引っ張ってくる。

どういうことだと思ったが、冷静に相手が子供ということを思い出す。

もしかすると――。

「良かったらその魔王様に会うことはできないか？」

「うーん？」

ルインが悩ましそうにしている。

いきなりの申し出すぎただろうか？

「いつもフラッと出てくるから絶対会えるかわからないよ？」

「それでも構わない。ぜひ頼む」

「うんっ、わかったよ！　それじゃあ一緒に探してみよう！」

ルインが笑顔で廊下の先を指差していた。

◇◇◇

「マオー様、マオー様、マオー様はどーこだー♪」

ルインは楽しそうに歌いながら歩いていく。

ただ、ケイトとしては恥ずかしさで隠れたくなっていた。

それでもいつの間にか繋いでいる手のことを考えると至高の恥ずかしさとも言えるだろう。

「お姉ちゃん、お姉ちゃん！」

ルインが体を引っ張ってくる。

「どうしたんだ？」

「カイン様がいるよ？　マオー様を見てないか聞いてみるね」

「あっ、ちょっと待て」

ケイトの制止を聞かずにルインは掃除中のカインに話をしに行く。

「カイン様ー。マオー様を見てない？」

「これはこれはルイン様……。とそちらは？」

「お姉ちゃんだよ！」

「お姉ちゃん様ですか。私はアデル様の側付きをやらせていただいておりますカイン・アルシウスです。よろしくお願いします」

「よろしくお願いします」

さすがに騎士団長という正体を隠しているのにアデルの側付き相手に本名を名乗るということはできなかった。

都合良く相手が名前を聞いてこなかったので、これ幸いとして頭を下げるに留まる。

ただ、カインはケイトに耳打ちをしてくる。

「立場を隠しているのはわかっていますよ、ケイト様。だれにも言いませんので思う存分楽しんできてください」

「えっ？」

思わずカインの顔を見ると彼は笑顔で一度頷くだけだった。

どうやらカインは最初からケイトであることに気づきながらも何か事情があるのでは、と知らないふりをしてくれているようだった。

「魔王様でございますね。さきほどフラッと食堂へ向かわれてましたよ。この時間でしたらおやつを食べに行ったのかもしれませんね」

「おやつ！　私ね、メルシャ様のおやつ、好きだよ」

「そう言っていただけますと母も喜びます」

どうやらカインの親がここの厨房《ちゅうぼう》で働いているらしい。

――しかも料理上手っと。おっと、これはいらない情報だったな。

ケイトは脳内のメモ帳にしっかりと刻み込んでおく。

考えていることとやっていることが真逆であった。

「では私はこれで失礼いたします」

「ありがとうね」

軽く一礼して去っていく彼をルインは大きく手を振って見送っていた。

◇◇◇

カインの言ったとおり、食堂ではアルマオディがリスのようにクッキーを齧《かじ》っていた。

「あっ、マオー様ー」

「んっ、なんだルインか。どうしたんだ？」

ルインが魔王と呼んでいたのはアデルと同じ歳《とし》くらいの少年だった。

――やはりそうであったか……。

ケイトは昔を思い出して微笑《ほほえ》ましい気持ちになる。

――私自身も勇者になる、とかいう無謀な夢を持っていたな。一部の者は魔王になる、なんてことも言ってたよな。

「お前が魔王様とやらか？」

「いかにも。我こそが大魔王アルマオディ・ガルディバルだ。して、貴様は？」

アルマオディは意味深に俯《うつむ》き加減に笑みを浮かべてくる。

その姿を見てケイトは思わず笑ってしまうところだった。

――いたいた、こうやって意味深に笑う奴が。あいつも今では騎士……いや、騎士団からは逃亡して指名手配されてたな。なんの意味もなく悪さをするような奴じゃなかったんだけどな。

ここは話に合わせてあげるのが一番喜んでもらえるだろう。

「我こそは光の勇者、ケイト・ローゼンバーグだ！　魔王、その首もらい受けるぞ！」

恥ずかしさを押し殺して堂々と宣言する。

すると、アルマオディはテーブルの上を見渡して、フォークを手に取る。

「くくっ、勇者か。今世《こんせ》にも現れておったとはな。まだまだ未熟である貴様にはこの程度の武器で十分であろう」

おそらくあのフォークを槍《やり》にでも見立てているのだろう。しかもその表情がすごく楽しそうだ。

――やはり対応は間違っていなかったか。

なればこそ次に自分の取るべき行動を考える。

テーブルの上にはちょうどいいナイフが置かれている。

それを剣のように構える。

「この聖剣を前にして同じことを言えるのか？」

演出がてら少しだけ光の魔力をナイフに込める。

それ用の武器ではないためにあまり魔力を込めることはできないが、ナイフを光らせる程度のことはできるだろう。

「ほう、光属性か。最低限、我と戦う力は有してるようだな」

そういうとアルマオディは同じくフォークに闇の魔力を込めていた。

しかもケイト以上に上手《うま》く、多い量の魔力が宿っているのがよくわかる。

というか、ケイトの数倍の魔力が宿っており、思わず冷や汗が流れる。

フォークの見た目がなければあれが魔剣と言われても納得できるほどに。

この子は化け物か？

いずれ国を担《にな》う大賢者になるのではないのか？

是が非でもこの子の力が欲しいと思う反面、自身の力を試したい、という気持ちにもなる。

「では、行くぞ？」

「来い。我がその力、見定めてやろう」

あくまでも魔王ごっこをやめるつもりはないらしい。

騎士団長である自分に先攻を譲るなど、本来であれば侮られていると感じてもおかしくない。

しかし、それもこのフォークに込められた魔力を見ると納得できる。

グッと足に力を込めるとそのままアルマオディを見る。

全身隙《すき》だらけに見えるがおそらくはあれもわざとなのだろう。

全てが罠《わな》と考えると一切《いっさい》隙がないように見えてくる。

――攻めても守っても地獄なら隙もないほどの連撃を与えるのみ。

ケイトが攻撃をしようとしたその瞬間にルインが聞いてくる。

「マオー様もお姉ちゃんも食器持って見つめ合ってどうしたの？」

不思議そうに首を傾げるルインに気を取られ、足がドレスの裾に絡《から》まったケイトはそのまま盛大に前に転んでしまう。

「興ざめだな」

アルマオディはフォークに込めていた魔力を霧散させる。

その瞬間にあの圧倒的強者の力はスッと隠れ、元の少年らしいあどけなさが姿を見せる。

――私は夢でも見ていたのだろうか？　いや、魔王ごっこに熱を入れすぎたのか。

つい子供相手に本気を出そうとしていたことを反省して、立ち上がり体の埃《ほこり》を払う。

すると慌てた様子の兵たちが食堂へと入ってくる。

「な、なんかすごい魔力を感じたぞ⁉　一体何があった？」

その人物はかつて魔王に憧《あこが》れていた騎士に瓜二《うりふた》つの男、ランデルグだった……。

◇◇◇

突然館の中からとんでもない魔力が発せられた。

そのことを教えてもらった俺はシアやカイン、ランデルグと共に発生源である食堂へとやってきた。

するとそこにはフォークを構えたアルマオディと元気になったルイン、あとは鎧を脱いで美少女になった騎士団長がナイフを構えている姿があった。

どういう状況なんだ、これ？

魔王と騎士団長が向き合っててとんでもない魔力を放っている、ということを考えると騎士団長がアルマオディを魔王と気づいたから倒そうとしている、としか見えない。

しかし、その格好があまりにも滑稽だ。

ナイフとフォーク……。

おおよそ武器たり得ない。

それに騎士団長も鎧を脱いで美女の姿を見せている。

ゲームでもこの姿を見せるのは非常に稀《まれ》で、彼女自身が自分を別人と見せようとしているときに限る。

その状況から察するに――。

あぁ、食べ物の取り合いか。

大方アルマオディがケイトの料理を奪って喧嘩《けんか》にでもなったのだろう。

ただそこで新たな問題に気づく。

ランデルグは騎士団を抜けて追われている。

さすがに騎士団長が彼に気づかないはずもない。

現にランデルグも相手が騎士団長だから警戒をして……いない？

ランデルグも驚いてはいるものの全く臨戦態勢は取ろうとしていない。

正体を知っていると言えば自分がランデルグであることがバレてしまう、と考えて様子見しているのだろうか。

「お前は……ランデ、いや、知らない人！」

それはもうほぼ自供してるようなものなのだが――。知らない人相手に「知らない人！」なんて言う人、初めて見た。

でもやはり今の姿はケイト的にも隠したいということなのだろう。

今、彼女の中ですごいせめぎ合いが起こっているのが見て取れる。

そもそも俺が彼女の変装のことを知っているのもおかしいことである。

騎士団長はずっと鎧《よろい》兜《かぶと》を身に着けて、顔すら見せていない。

本来なら失礼になるのだろうが、事前に騎士団長はどこでもそうであるという話を聞いている。

ゲーム情報で彼女が騎士団長であることはわかるが、それはアデルは知りえない情報である。

つまり俺の取るべき対応は――。

「旅の方ですか？　初めまして、私はここの領主の息子、アデル・レイドリッヒです」

そもそも知らない人間が館にいるのなら、暗殺を警戒すべきなのだろうが、彼女がそんなことをしないのも知っている。

実直な性格はおおよそ謀《はかりごと》には向かない。

誠意を持った対応には応《こた》えてくれるはず。

そう思いながら笑顔で手を差し出す。

ケイトはしばらく迷った様子だったが、ナイフをテーブルの上に置いてがっちり握手をしてくる。

「ケイト・ロ……、ケイトだ！　た、旅人をしている」

いや、全然隠せてないぞ⁉

これでよく作中では誰にも気づかれなかったな、と逆に感心してしまう。

もしかするとみんな気づいてて、それでも敢《あ》えて知らないふりをしていたのかもしれない。

朗らかな笑みで彼女を見ている町人が目に浮かんでくる。

「ケイト・ローさんですね。名前、王国の騎士団長さんと一緒なんてすごいですね」

「よ、よくある名前だからな。偶然の一致なのだろう」

ケイトは冷や汗を流していた。

「お食事ですか？　うちのアルマオディがまた騒ぎを起こしたみたいですみません」

「お、おいっ、我は何もしてないぞ⁉」

「いや、私の方こそ騒ぎを起こしたようですまなかった」

二人して謝る。

すると、ルインが不思議そうに言ってくる。

「お姉ちゃんもマオー様も二人で遊んでただけだよ？　怒らないでほしいの」

ルインの純真無垢《むく》な瞳で見られたら思わず許してしまいそうになる。

「大丈夫だ、遊んでいたことに怒っていたわけじゃないからな。ただ、食堂は遊ぶところじゃないだろう？　それはルインもわかるよな？」

彼女の頭を撫《な》でながら言うと、ルインは頷く。

「うん！」

「よーし、良い子だ。それじゃあ、お外でお姉さんたちと遊んでくると良い」

「はーい！　行こっ、マオー様、ユーシャのお姉ちゃん！」

ルインはケイトとアルマオディの手を掴むとそのまま外へと引っぱっていく。

「ま、待て！　今のはた、ただのごっこだからな――」

ルインにはあまり強く抵抗できないようで、ケイトは顔を真っ赤にして必死に否定しながら引きずられていくのだった――。

◇◇◇

「シア！」

「嫌じゃ」

「まだ何も言ってないだろ？」

「言うことはわかっておるのじゃ。あやつらの様子を探ってくれってことじゃろ？　妾であの化け物を相手にできると思うな」

「全力のアルマオディと戦えなんて言ってないぞ？　どちらかといえば騎士団長ケイトの監視だ」

「……騎士団長？　どこにそんな奴がいたのじゃ？」

どうやらシアは気づいていなかったようだ。

「……ケイトと名乗っていただろう？　あいつが騎士団長だ」

「そもそも騎士団長がケイトという名前であることを聞いておらん」

「今言った。じゃあ頼んだぞ」

「おいっ！　はぁ……、わかったのじゃ。適当に監視魔法を使っておくのじゃ。アルマオディに破られたら諦めてくれ」

「それで構わない。あとはランデルグ、ちょっとマズいことになったな」

「えぇ、ケイトは私のことをよく知っていますから間違いなく正体に気づいているでしょう」

「だよな……。さっきはあの姿だったから襲ってこなかっただけで戦いになってもおかしくない……か」

頭はちょっとあれで使える魔法も少ない騎士団長ケイトだが、それを補ってあまりあるほどに圧倒的な剣術を持っている。

できればまともに戦いたくない。

「そういえばアデル様もケイトのあの姿のことをご存じだったのですね」

「あの姿？」

「ええ、鎧兜を取った姿です。あの姿を見ると相手に侮られるから、と普段は偵察の時以外しない格好なのですけど――」

「……さ、さすがに領主と会うときは一度だけ兜を取っていたんだ」

完全な嘘《うそ》になるが、ランデルグはそれで納得していた。

むしろそれが普通の行動であるのだから。

「なるほど、そういうことだったんですね」

「ランデルグの方こそやけに詳しくないか？」

「私は彼女とは幼馴染《おさななじ》みなんですよ。昔はよく一緒に遊んだものです」

昔を懐かしんでいる様子だった。

それならばなおのこと戦いたくないだろう。

「私もずいぶん腕を上げましたからね。今だと彼女から一本取れるかもしれません。戦いになるなら私を出してください」

むしろ戦いたがっていた⁉

ランデルグってこんなに好戦的な奴だったか？

むしろ自分は極力前に出ずに部下たちを手足のように使って相手を追い込んでいた気がするが？

それに戦うってことは騎士団長を敵に回すことになるのだがわかっているのだろうか？

王国の在り方を嘆いて主人公の味方をする彼女ならこの場も見逃してもらえそうなのだが。

ただ既に戦う気でいるランデルグを止める方法はなさそうだった。

「仕方ない。やれるだけのことはやろう……」

◇◇◇

そして、その日の夜。

俺たちはケイトから館の中庭に呼び出しを受けていた。

俺とカイン、シア、ランデルグの四人がそこへ向かうと戦闘態勢の騎士団長の姿があった。

「逆賊を庇《かば》い立《だ》てする反逆者め！　我が正義の刃にて討ち滅ぼさん！」

そういうとケイトは剣を手にかけ、俺たちの方へと突っ込んでくる。

と、同時にケイトの姿が消えるのだった――。

第10話　そして物語へ……

消えたケイトは……というとよく見ると目の前にある大穴に落ちていただけだった。

「卑怯者《ひきょうもの》!!　落とし穴を作るなんて！」

「いや、俺は何もしてないじゃないか？　勝手に襲ってきて勝手に落ちたのはお前だろ？」

そもそも俺がケイトに対してした対策は三つである。

まずはいつも通り結界による敵対存在の排除である。

殺意を持って襲ってくるようならシアの結界が黙っていない。

ただケイトも騎士団長と言われるほどの実力者。

据置《すえおき》型の結界を破る力を持っているかもしれないし、殺意を持たずに純粋に勝負を挑もうとしてくるだけかもしれない。

その場合は次の対策である。

結界が破られた瞬間にアルマオディによる空中での魔法攻撃が炸裂《さくれつ》する。

ただ、これはあくまでも空中だけ。

地上には撃たないように念押しして伝えておいた。

シアと同等かそれ以上の魔法攻撃である。

領地に撃たれたらそれで滅んでしまうことも十分考えられる。

そのためにアルマオディには空で待機してもらっている。

そして、地上にはというと――。

今ケイト自身が落ちている落とし穴だ。

何の変哲もないただの穴。

シアならこのくらいの穴、一瞬で作ってくれる。

待ち合わせの場所と時間を聞いてから念のために先に用意してもらっていたのだ。

結界を破ることなく落とし穴に落ちたということはケイト自身も自分の行動に迷いを感じており、本気で襲えなかった、ということ。

ストーリーが進むと騎士団を離れ、主人公たちと行動を共にする彼女のことだ。

ランデルグの行いにも一定の理解があるのだろう。

まして今のランデルグは盗賊行為もしていない。

あくまでも腐った貴族に暴言を吐《は》いたことと騎士団を抜けたことだけが罪に問われているのだ。

実直であるが故に、口では正義を謳《うた》いながらも心で迷いが生じてしまったわけだ。

「まさか本当に落ちるとは？　なんの変哲もないただの落とし穴じゃぞ？」

「だからこそ気づかなかったんだろうな」

「ぐっ……」

穴の中でケイトは悔《くや》しそうに唇を嚙《か》み締《し》めていた。

「それで此奴《こやつ》をどうするのじゃ？　仮にも妾《わらわ》たちを襲おうとしたのじゃ。何のお咎《とが》めもなしというわけにはいくまい」

「別に結界が作動しなかったわけだからな」

「これでも私は騎士団を預かる長。どんな辱めも耐えて見せよう」

「くっくっくっ、あんなことを言っておるぞ。これは逆に何かしないとダメじゃないか？」

あれっ？　これって俺、すごい悪役に見えないか？

「俺はただお前と話し合いたかっただけだ」

「ま、まさか私を操って洗脳でもするつもりか。この魔王！」

「んっ、呼んだか？」

上空よりアルマオディが姿を見せる。

「へっ？　と、飛んでる⁉」

「空くらい別に誰でも飛べるだろう？」

「飛べるか！　そんなことができるのは、羽の生《は》えた一部の魔族か風魔法を極めた魔法使いくらい……。ま、まさか⁉」

「うむ、これでようやく我が魔王であると納得を——」

「長旅で疲れて夢でも見てしまったか。こんなあり得ない光景、夢でしか考えられないな」

ケイトは一人納得している様子だった。

いっそ今日この場は夢オチということにしてもらって、明日改めて話を聞いてもらう方がいいかもしれない。

「カイン、客間まで案内してくれるか？」

「かしこまりました」

「シア、そういうわけだから落とし穴から出してやってくれ」

「大丈夫なのか？　奴はアデルを襲おうとしたんじゃぞ？」

「本当に敵意があるなら結界に弾《はじ》かれてるだろ？　シアの結界を信じてるよ」

「そ、そうか？　うむ、そう言うなら構わないぞ」

シアが風魔法を使い、ケイトを浮かび上がらせる。

「ほ、本当に私も空に⁉　やはりこれは夢……」

「では、少し失礼しますね」

「はいっ？」

ケイトが暴《あば》れないように一瞬のうちにロープでぐるぐる巻きにしてしまう。

本来の彼女なら余裕で躱《かわ》せるであろうそれも、夢の中状態ではなす術《すべ》がなかった。

身動きが取れなくなったケイトを担《かつ》ぎ、カインはそのまま客間へと連れていく。

この対応で良かったのかはわからない。

でも、彼女は主人公たちと王国にメスを入れる一人である。

下手に倒すよりは俺たちの事情を納得してもらい、穏便に帰ってもらう方がいい。

果たして今のロープでぐるぐる巻の姿が穏便と言えるのかはわからないが。

「さて、それじゃあこの穴は一旦埋めておくか」

シアの魔法で穴を埋めてもらった後、俺たちは自分の部屋へと戻っていった。

◇◇◇

ドンっ！　ドンっ！

翌日、俺は扉を叩《たた》く鈍い音で目が覚める。

「入ってるぞ！」

「は、入ってないと困る。とにかく開けてくれ」

「……？」

扉を叩いていたのはケイトだった。

襲ってきた、というわけではなく本当に切羽詰まった感じが伝わってくる。

ただ、罠《わな》という可能性もある。

一旦は様子見してみる。

………。

ドンドンドンっ!!

さっきよりも回数が増える。

「入ってるぞ！」

「だ、だから入ってるなら開けてくれ。き、緊急事態なんだ……」

そんな緊急事態になるようなことがあっただろうか？　ケイトが戦いを挑んできたくらいか。

……ならここは開けないのが得策ではないのか？　俺が考えていると更に激しく扉が叩かれる。

ドンドンドンドンっ!!

「も、もう限界なんだ。た、頼む……」

さすがにただ事ではないと思い扉を開けるとどこかに兜《かぶと》を落としたのか、顔を出しているケイトが涙目で震えていた。

よく見るとロープでぐるぐる巻きにされたままで、足をもぞもぞさせていた。

「す、すまないがこのロープを――」

「あぁ、わかった」

なんとなく事情を察した俺がケイトのロープを切ると彼女はすぐさま駆けだしていった。

◇◇◇

しばらくすると彼女は戻ってくる。

その手にはロープが握られていた。

「その……、助かった。もう漏れそうで……。いや、なんでもない。それよりもこれを」

いや、ロープなんて渡されても困るのだが？

「縛られたいのか？」

「そ、そんなわけあるか!!」

「ならそのままでいいだろ？」

「しかし私はお前を襲って……」

「敵意があるかどうかはすぐにわかる。口では完全に敵対していたが、お前自身にその気を感じなかったぞ？」

実際は結界のおかげでわかったことだが、そこまでは言う必要もないだろう。

「そうであろうな。騎士団長という立場上、ランデルグは見逃すことはできなかったがお前の行動の理由はわかる」

「それならお前も――」

「いや、私はあくまでも騎士団長だ。部下たちも見過ごせん。だから――」

思い詰めた表情をしたケイトが話しているときに突然外から衝突音が聞こえる。

「アデル、お楽しみのところ申し訳ないが、敵じゃ！」

シアが急ぎ部屋へと入ってくる。

確かに恥ずかしがっているケイトと二人きりで部屋の中にいるとそう捉《とら》えられても仕方ないかもしれない。

「そんなことじゃない。それよりも敵は誰だ？」

「あの豚じゃ」

「またか……。もう放っておいていいんじゃないか？」

「それがそやつらと戦っている白ピカがいるのじゃ」

「……きっと私の部下だ。すまない、行かせてくれ！」

ケイトが慌てて部屋を出ようとする。

「兜も着けずにか？　一旦落ち着け」

ケイトはそこで自分が顔を晒《さら》していることに気づく。

「さすがになんの対策もなく攻めてきた……、ということはないよな？」

「そうじゃの。豚伯爵の他に魔族の気配は感じるな。あとは神官たちも普通にいる……な、なんじゃ!?」

ドゴォォォォォォン!!

シアの驚きの声と共にとてつもない爆発音が響き渡る。

「ま、マズいぞ、アデル。妾の結界が破られた！」

「う、嘘《うそ》だろ⁉　どういうことだ？」

「わ、わからんのじゃ。魔力をほとんど感じなかったのじゃ」

魔力を感じない爆発……。

どこかで聞き覚えがある。

でも、それを行えるのはフレア《かのじょ》だけのはずだが？

「いや、考えている暇はないな。すぐに向かうぞ！」

「わ、私も連れていってくれ！」

ケイトが俺の前に跪《ひざまず》く。

「良《い》いのか？　王国と敵対することになるぞ？」

「民あってこその国だろう？　こんな一方的に町を襲ってくる貴族は見過ごせん」

「わかった。なら付いてこい。シア、頼めるか？」

「もちろんじゃ！」

シアが飛行魔法を使って俺たちを現地へと飛ばしてくれる。

「あとは念話で皆に集合を掛けてくれ」

「もうやっておる。ただ、集まるまで少し時間が掛かりそうじゃ」

「仕方ない。それまでは俺たちだけで対処するぞ！」

◇◇◇

豚伯爵ことメジュール伯爵はとてつもない威力を発揮した爆発を見て満足げに頷《うなず》いていた。

「これはただの魔法では出せない威力だな」

伯爵の隣で神官服に身を包んだ恰幅《かっぷく》の良い男がほくそ笑んでいた。

「これこそ邪神様のお力にございます」

「あー、はいはい、邪神様ね、邪神様」

メジュール伯爵は邪神のことは全く信じていなかった。

しかし、これほどの威力を発揮できる魔法があるのは中々に興味深く、もし仮に失敗したとしても自分には影響がないため、試させていたのだ。

「しかし、一度爆発させるのに一人、犠牲が出るのは考え物だな。人間集め《そざい》が大変だ」

「そこはお任せください。そこは我々が協力できるところになります」

恰幅の良い男の周りには虚《うつ》ろな目をした少女たちが五人いた。

今回の爆発に使ったのは聖女見習いの少女だったが。中々魔法の腕が上がらずにいつまでたっても見習いのままの困った奴だったらしい。

「最後の最後にあれだけの魔法を使えて当人も本望でしょう」

「くくっ、おかげで忌まわしいあの結界を破壊することができた。あとはもう一人、厄介な小僧さえ吹き飛ばしてくれれば、残りの仕事は私がしよう」

「よろしくお願いします」

「それにしてもあの爆発、威力を調整したりとかはできるのか？　もっと高威力の爆発とかにしたりとか――」

「もちろんですよ。邪神様は贄《にえ》の魔法適性によってその威力を上げていくと言われています。今の少女で光魔法と回復魔法の合計魔法レベルが5レベルほどです。ただ、魔法レベルの高い贄は中々手に入れられないので、これほどの威力は中々……」

「確かその魔法レベルをマイナスまで下げて魔法を使うと、暴発した結果大爆発を引き起こす、というものだったな」

王国最強の魔法使いと言われて久しいメジュール伯爵だったが、魔法レベルを下げるという能力についてはまるで聞いたことがなかった。

おそらくは大神殿の秘術とか禁術とかそういう類《たぐ》いのものであろう。

伯爵自身は使うつもりはないが、勝手に使ってくれるのなら有効活用しない理由がない。

「もうひと暴れしたらあの小僧が現れてくれるかな？」

「待て！　これ以上この領地への攻撃、許さないぞ！」

現れたのは小言がうるさく、目の上のコブであった騎士団長ケイト・ローゼンバーグだった。

その後ろには数人の子供が付き従っていた。

「ちっ、面倒な奴が現れたか」

メジュール伯爵は舌打ちをしてケイトを睨《にら》みつける。

「何故《なぜ》突然このようなことをしたのだ！　ことと次第によっては――」

剣に手を掛け、伯爵を睨みつける。

しかし、伯爵は表情を変えずに言い放つ。

「なんのことでございますか？　我々はただ旅の途中でこの領地に寄っただけでございますよ？　それなのに領地へ入ろうとした瞬間に突然聖女見習いが爆破されたのです。むしろ、悪いのはこちらの領主なのでは？」

確かに見方によってはただ少女が領へ入ろうとした瞬間に爆発したようにも見える。

結界自体は無色透明で関係のないものにはその存在すら感じさせないものだったのだから。

「うぐっ……」

ケイトは言葉に詰まる。

確かに今回伯爵は一切手を出していない、と言える。

命令していたのかもしれないが、そんな証拠はないのだから。

「我が部下を爆発させた犯人を庇《かば》い立《だ》てする気ですか？　まさか騎士団長ともあろう方が犯人の肩を持つ気ですか？」

実際に今回爆発に使われた聖女見習いは伯爵の部下ではない。

でも、それを否定できるほどの情報がケイトにはなかった。

「そ、そんなわけが――」

「それならそこを退《ど》いて――」

「シア、あそこにいるのって……」

「うむ、間違いないのじゃ。マイナス1レベル、初めて見たのじゃ」

少年と少女が伯爵の言葉を遮《さえぎ》って話し合っている。

「なんだ、このチビどもは？」

「しかし、妾の結界を破るとは。思いの外、高威力なんじゃな」

「流石《さすが》にあの爆弾を爆発させるわけにはいかない。一旦拘束してくれるか？」

「任せておけ」

一瞬で恰幅の良い男の周りにいた虚ろな目の少女たちは闇の魔力でできたロープによって身動きを止められる。

「な、何をしている！　ま、まさかあのガキと同じクラスの魔法使いか⁉」

「なぁ、アデル。この豚、うるさいのじゃ。ミンチにしても良いか？」

「フレアのこともあるし、まだ我慢してくれ」

「つまらんのぅ」

「おい、お前たち、こいつらを倒せ！　全ての元凶だ！　聖女見習いを爆発させた犯人だ！」

メジュール伯爵が慌てたように少年たちを指差す。兵たちは動揺しながらも命令を受けたことで、少年たちに襲い掛かろうとする。

「面倒だな。シア、一発強いのを町には被害が出ないように頼む」

「注文が多いのじゃ。まぁ、妾もちょうど試したい魔法があったから良かったのじゃ。町にさえ被害が出なかったらあやつらがどうなろうといいんじゃな？」

「どうせ人を人とも思ってない奴らだ。構わん。この領地を滅ぼさせないためだ」

人を爆弾に使われた怒りから唇を噛み締め、血が滲《にじ》むほど拳《こぶし》を握りしめながら言う。

「任せるのじゃ」

少女は邪悪とも言える笑みを浮かべる。

「ま、まずい。防御魔法を――」


ドゴォォォォォォン!!

伯爵が言い切る前に目の前で爆発が起こり、巨大なクレーターを作り上げていた。

「うーむ、まだ威力で負けておるかの？　もう少し改良がいりそうじゃ。こうか？」


ドゴォォォォォォン!!

ドゴォォォォォォン!!


まるで実験と言わんばかりに何度も高威力の魔法を連発する少女。

気がつくと伯爵と恰幅の良い神官、虚ろな目の少女たちを除いてまともに立っている者はいないという信じられない光景が広がっていた。

「は、はははっ……、なんだこれは。この領地を守っていたのはあの尊大なガキだけではないのか……？」

今回伯爵は結界とアルマオディの二つに対処すべく対策を取ってきた。

残りの聖女見習いたちはそのための爆弾だ。

ここでその切り札を使ってしまってはあのガキへの対処ができなくなってしまう。

しかし、あのガキクラスがもう一人いるとなれば、態勢を整《ととの》えるためにはやむを得ないかもしれない。

ついでに口うるさい騎士団長の始末と騎士団長殺しの犯人を討伐するという大義名分を得ること

ができる。

「仕方ない、今ここで――」

　切り札を使おうとしたそのとき、前回のガキと神官長が求めていた裏切りの聖女、あとはどこから来たのかエルフのガキが現れる。

「アデル、来てやったぞ？　でももうほとんど終わっているではないか」

「し、神官長⁉　ど、どうしてここに⁉」

「聖女見習《あのひと》いたちからすごく嫌な感じがします」

　高く売れるエルフのガキまで吹き飛ばすのは少々もったいないところだが、標的二人が固まってくれたなら一度の爆発で倒し切れる。

　そして、伯爵自身は神官長より受け取った邪神のネックレスにより贄の爆発の影響を受けない。

「くくくっ、まさかもうダメだと思ったのにこうも固まってくれるとはな。直撃させられないがこの距離なら動けなくても問題なかろう。いよいよ私に運が向いてきたようだ。神官長、やれ！」

「わ、わかりました。さぁ、お前たち。魔法を放って邪教徒どもを一掃するのです！」

　神官長の言葉で拘束されている少女たちは縛られた体勢のまま魔法を使い始める。

　しかし、マイナスレベルであるためにろくに魔力を発することができず、そのまま溜《た》まった負のエネルギーが大爆発を――あれっ？

　確かに聖女見習いたちは魔法を放った。

先ほど同様に大爆発を起こすはずのそれは何故か弱々しい光を放つだけに留《とど》まったのだった。

「ど、どういうことだ⁉」

「くくっ、まさかこうも上手《うま》くいくとはな」

最初からいたガキが楽しそうに笑みを浮かべている。

その隣ではエルフと裏切りの聖女が何かの魔法を使っているようだった――。

◇◇◇

大神殿には魔法適性レベルをマイナスにする術があることはわかっていた。

そしてそれは大神殿の中でも上層部しか知らない秘術であることも、あれ以来フレアの魔法適性が下げられていないことから判断がついていた。

それならば次に神官長あたりが襲ってきた際には、フレアとは別の人物を利用して、魔法適性のマイナスによる爆発を引き起こしてくることは容易に想像がついた。

だからこそ俺たちが行うことはすごく簡単だった。

フレアに対してしたことと全く同じこと。

マイナスになってしまった魔法適性を上げるだけ。

そう、魔法適性にバフを掛ければ解決する問題だったのだ。

しかし、これを行う上で致命的な問題があった。

「んっ？　バフ？　そんなもの、妾には必要ないのじゃ」

「申し訳ありません、アデル様。どうにも私に強化魔法は使えないようでして……」

「ふははは っ、我がそんなちまちましたものを使うはずないだろう！」

どうやらうちの魔法のメインメンバーである、シア、カイン、アルマオディの三人は強化魔法を使うことができないようだった。

そもそもラスボスクラスの実力を持っている、もしくは今後得る三人である。あまりボスって自身に強化魔法を掛けたりすることってないもんな。でも、もしかしてうちの領って強化魔法を使える者がいないのか？

唯一の解決方法を初手で封じられた気分だった。

「そ、それだけ魔法レベルが高いのに使えないのか？」

「そもそもそういうちまちましたのが得意なのはエルフとかじゃないか？」

アルマオディの言葉で俺は使える心当たりを思いつく。

「そうか、ミーナなら使えるな！　あとは聖女であるフレアも使えそうか？」

「うむ、たまには出番を譲ってやるのじゃ」

何故か偉そうにしているシア。

そして、予想通りにミーナは光魔法の適性を、フレアは回復魔法の適性をそれぞれ上げられることがわかった。

ならばもし誰かをマイナス適性にさせて爆弾代わりに襲ってこようとした場合は、バフで対処すれば最低限の被害で済むはずだ。

できればそんな日が来なければ良いけど——。

◇◇◇

そう思っていたのが想像以上に早く襲ってこられて焦《あせ》ってしまった。

普段から俺のそばにいる三人はバフが掛けられないので、掛けられる二人が来るまで何とかマイナス爆発を引き起こさせないように時間を稼《かせ》ぐ必要があったのだ。

そして、それが見事に上手くいった。

もう笑いが止まらなかった。

まさか敵に対してバフを掛けてくるとは思わなかったようで、豚伯爵と神官長は困惑した様子だった。

「な、何をしたんだ⁉　これは防ぐ方法がないはずでは⁉」

「ええ、もちろんです。現に結界とやらは破壊したではないですか！　お前たち、早く！　早く魔法を使いなさい！」

虚ろな目をした少女たちを叩く神官長。

それを見ていたフレアは心苦しそうに唇を噛み締めていた。

自分があのようになっていたかもしれない、と考えているのだろう。

自分自身の力で攻めてくるのはまだわかる。俺の領地には敵対勢力だと思われている魔族や魔王すらいるのだから。

でもだからと言って何の罪もない少女たちを犠牲にするのは許せなかった。

固く唇を噛みしめて力一杯拳を握りしめる。

あまりに強く握りしめたために爪が刺さり、少し血が滲んでいるがこの程度の痛み、あの少女たちに比べたら痛くもない。

ただ、その様子を見ていたフレアが心配そうに呟《つぶや》く。

「アデル様……」

その一言で頭に血を上らせすぎて冷静さを欠いていたことに気づかされる。

「大丈夫だ。伯爵たちは許せんが、まずすることがあるよな。シア、あいつらを助けることはできないか？」

「彼奴《きゃつ》らの庇護《ひご》から離れるという意味でなら、可能であるな。しかし、邪神については妾もわからん」

フレアのときも結局助かったのは世界樹のおかげだった。

なら他の子も世界樹で……、というわけにはいかない。

おそらく世界樹の巫女《みこ》は一本につき一人のはずだ。

彼女たち全員分の世界樹を探そうと思ったらそれだけで数年から数十年かかるであろう。

しかも必ず巫女として選ばれるかと言われたらそんなことはない。

ただ領内を少し危険に晒すことにはなるが、どうにかする方法はあるかもしれない。

そのためにも――。

「ケイト、さっきの一方的な攻撃はどう見る？　しかも無関係な子供を爆発させるなんて鬼畜の極みじゃないのか？」

「そ、それはそいつらが勝手に――」

「そんな回りくどいことをすると思うのか？」

俺が豚伯爵を手で差すとシアが威力を抑えた爆発魔法を使う。

「ひぎっ」

汚らしい悲鳴が上がる。

うずくまり、爆発させられた手を押さえる豚伯爵。

ただ、次の瞬間にはその傷は癒《い》えていた。

もちろん豚伯爵の部下が癒《いや》したわけではなく、シアが回復魔法を使っただけだ。

「こうやって直接お前を狙った方が早いじゃないか？　俺なら当然そうする。その上で再度聞く。

俺がそいつらを狙う理由はなんだ？」

「ぐ、ぐぬぬっ、そ、それは……」

「お、おい、アデル。流石に伯爵には……」

ケイトが俺を止めようとしてくる。

そんな彼女を俺は睨みつける。

「豚一匹と無関係に殺されかけてる少女五人。お前はどちらを救いたいんだ⁉」

「わ、我が国の騎士なら貴族である私を助けるのは当然であろう⁉　早くそこのガキを殺せ！」

豚伯爵が何か囀《さえず》っているが、あいにく豚語は履修していない。

その言葉をスルーしてケイトを睨みつけていると彼女はそれでも首を横に振る。

「やはりダメだ！」

ケイトのその言葉にシアたちが鋭い視線を向ける。

「こんな豚のためにお前が罪を犯そうとしているのは許せない。こいつらの裁きは私に任せてくれ」

ようやく覚悟を決めた良い目を見せてくれる。

それを見た俺はここでの自分の役割が終わったことを悟った。

「わかった。俺たちは撤退する。シア、もう一度結界を張り直してくれるか？」

「うむ、わかったのじゃ」

「ランデルグも助かったぞ。よく俺の意図を汲《く》んでくれたな」

「えっ、ランデルグ？」

ケイトが驚きの表情を見せる。

そこにはいつの間にか神官長に爆弾にさせられそうになっていた少女たち五人を抱えたランデルグたち元騎士の姿があった。

「全く、せめて命令は言葉で伝えてくださいよ。目配せだけでわかるのは私だけですよ？」

「お前なら気づいてくれると思っていたからな」

「ははっ、全くうちの主人は人使いが荒すぎますね」

カインに少女たちを渡したランデルグはケイトの隣に立つと剣に手を掛ける。

「ここからは単なる盗賊、ランデルグとして手を貸すぜ。アデル様も良いですよね？」

「あぁ、勝手にしろ。俺は領の仕事さえしてくれたらプライベートまでは口を出さんからな。ただ金はないから結婚するなら早めに言ってくれ」

「なっ⁉」

ケイトは顔を赤らめる。ただ顔を覆《おお》い隠す兜のおかげでその表情が見えることはなかった。

「へへっ、言質《げんち》は頂きましたよ」

「しかしお前は貴族に暴言を吐いて罪に――」

「お前も歯向かうんだろう？」

「……それもそうだな。わかった、お前にもこういうことがあったんだな。必ず私がお前の汚名をそそいで、騎士団へ戻れるようにしてやる」

「いや、それは勘弁してくれ。俺はこの領の兵を任されているんだ。もうあの堅苦しい騎士に戻るつもりはない」

「……そうか。でも汚名だけはなんとしてもそそがせてくれ」

「わかった。期待しないで待っててやる」

ケイトとランデルグは二人笑い合う。

それを見ていた豚伯爵は顔を真っ赤《まか》にして怒りを露《あら》わにしていた。

「ぐぬぬぬっ、いい加減にしろ。お前のことも国王陛下に伝えて罪に問うてもらわねば――」

「そんな暇を与えると思っているのか?」

豚伯爵が杖《つえ》を出した瞬間にケイトはそれを弾き飛ばして首元に剣を突きつけていた。

「この王国に対人戦で私に勝てる奴がいると思うな」

「いやぁ、たくさんいると思うけどな。そのほとんどがこの領地にいるけどな」

ランデルグは苦笑を浮かべながら、彼も同様に神官長の首に剣を突きつけている。

「お前たちは然《しか》るべきところでしっかり罪に問う。それが私の正義だ!」

ガックリと膝《ひざ》をついた二人を見送ったあと、何か言うまでもなく俺たちは五人の少女を連れて領へと帰っていった――。

◇◇◇

「本当に大丈夫なのか？　あの騎士団長に任せてしまって――」

館へ戻る途中でシアが聞いてくる。

もちろん彼女が言いたいこともよくわかる。

この王国は中央から腐っている。

ただ、それを是正できるのはこのゲームの主人公だけ、のはず。

「いくらケイトが言ったところで国が腐っている以上、あの豚伯爵は牢から出てきてしまうだろうな」

「それがわかっててどうして？」

「今回はケイトが国への疑惑を持ってくれただけで十分だからだ」

ケイトは王国への疑念がＭＡＸになったタイミングで主人公の仲間になるキャラだった。

特徴的なのはその圧倒的な戦闘能力。

頭の方は思っていた以上に残念だったが、その力はしっかり鍛え上げたら魔王ギルガルドも単騎討伐できるとかなんとか。

実際に俺は試したことがないが――。

この領地には既に攻略キャラが二人もいる。

これは主人公の攻略難易度がそれだけ上がってしまったということに他ならない。

だからこそ早期に主人公の助けになるようなキャラが必要になるのだった。

「よくわからないのじゃ」

「まぁ、あの豚伯爵が外に出てきたところでもうこの領地を襲えるような切り札はないから心配ないだろう」

「まさか本当にあれほどの威力を発揮するとは。マイナス適性での爆発、本当にあったんじゃな」

「……シアが知らないということは本当に大神殿の秘術なんだろうな。邪神の加護とやらは」

簡単にポンポンとあんな爆弾兵器を作り出されても困る。

しかしこの領地を攻めるだけで六人も用意されたのだから、少なく見積もっても今の倍の人数はいてもおかしくない。

まさか何もないこんな辺境の地を襲うためだけに全戦力を投入なんて馬鹿な真似《まね》はしないだろう。

「とにかくこれ以上はケイトの結果待ちだ。色々とダメな点もあるが律儀だからな。わかった結果は教えてくれるだろう。今は豚伯爵よりも大神殿の方の情報が欲しい」

この領地を吹き飛ばせる力は早めに排除しておきたいからな。

「さて、領地に連れてきたは良いもののこいつらの生活はどうするか……」

未《いま》だに洗脳が解《と》けないのか虚ろな目を見せている少女たち。

こいつらは放っておくといずれまたあいつらの武器として爆発させられるだけ。

そんなことをさせないために領内へと連れてきている。

「お部屋をご用意しましょうか？」

カインが言ってくるが、さすがに問題が起こったときが大変すぎる。

「いや、別の場所に住居を用意する。その手配を頼めるか？」

「かしこまりました。ではどちらの方に」

「西のダンジョン――」

「おい、そこは妾の家じゃろ！」

シアからのツッコミが入る。

一番被害が少なくて安全な場所だと思ったんだけどな。

「仕方ない。なるべく町から離した北の方に建物を造る段取りをしてくれ。完成までは不本意ながら館に部屋を用意してくれ。シアはその部屋の監視を頼むぞ」

「なんだか妾の扱いが粗雑ではないか？」

「代わりに好きなものを買ってやるぞ」

「よし、任せておけ。って言うとでも思ったのか⁉　まぁ、仕事じゃからな。ほどほどにやらせてもらう」

「いや、付きっきりの監視まではいらないぞ？　爆発さえしなければあとは自由にして良いからな」

「それならそうと早く言うのじゃ！　それならその部屋だけ結界を張っておくのじゃ。爆発して壊れはするが被害まではおよばないからな」

「あぁ、任せたぞ」

住居の確保は済んだ。

次にすべきことは――。

◇◇◇

「それで私に聞きに来られたのですね」

ミーナは微笑《ほほえ》みながら言う。

魔法適性のバフを使える彼女はこれからやろうとしていることには必須の人材だった。

「できるのがミーナかフレアしかいないからな。普段の生活のフォローをフレアにしてもらおうと思っているから自然と、な」

「もちろん構いませんよ。私たちはアデル様には返そうとしても返しきれない恩がありますから。エルフは受けた恩は三倍にして返します！」

「いや、三倍って恨み言じゃないんだから……」

「ふふっ、そうなのですか？　でもそのくらいやりたいという思いなのですよ。あっ、でも、その聖女見習い様の特訓をする際に一緒にルインも参加させてもいいですか？」

「俺としては構わないが、むしろ良いのか？」

「はいっ、頑張って一大魔法部隊を作り上げますね。あの人たちを倒すために」

なんだろう？

ミーナから黒い感情が見え隠れしている。

「えっと、マイナスレベルをプラスへ戻す程度の成長でいいからな？」

「もちろんですよ。マイナスなんかもろともしない程度のプラスになるように特訓しますね」

笑顔が怖い……。

ミーナもよほど今回のことに腹を立てていたようだ。かなりやる気を……、というか殺《や》る気を見せている。

君、本当にあの温厚なエルフの長《おさ》なんだよね？

そういえば隠れ里へ行ったときも不安な言葉を散々投げかけられた。

エルフが温厚というのは幻想だったのかもしれない。

「あ、あぁ、よろしく頼む。くれぐれも適性上昇を忘れないように魔法の特訓をしてくれ」

俺自身はすっかり忘れてしまっていたことだが、ハイエルフのミーナにはとある能力が備わっていた。

自身の成長が遅い反面、パーティメンバーの魔法適性の成長を促進させるというスキルを持っていた。

いる。それほど高い効果ではなく、俺に対してはほぼ効果がないようなものだが、長期間特訓を施す相手だとその効果は大きく変わる。

それがどういう結果をもたらすのか俺が気づくのは数年経《た》ってからであった――。

◇◇◇

徐々にストーリー開始時の自領滅亡に対する対策が整ってきた。

西から襲ってくる可能性のあるエルフは既に俺の配下みたいなものだし。懸念点は攻略キャラの一人であるハイエルフのミーナが俺の部下に居座っている点のみである。

エルフの長なのに……。

でもこれが破滅へ続くことはなさそうなので一旦は問題なしと考えて良さそうだ。

災厄の魔女であるシアはむしろ今ではいなくてはならないキャラとなっている。

この領地の防衛を一手に引き受けてくれていると言っても過言ではない。

そもそも作中と能力が違いすぎるのが気になる。操られていたとはいえ彼女がラスボスとなるルートもあるが、それでもギルガルドよりもはるかに弱い位置づけであった。

もしかしたら操られたら本気を出せずに能力が下がってしまうのかもしれない。

そうなると操られていない今のシアなら一人で真のラスボスであるギルガルド討伐を果たせても

おかしくない。

北はまだ魔族の軍勢といずれ魔王となるギルガルドが存在しているはず。

しかし、そちらの抑止力としてはアルマオディがいる。

明らかにおかしな力を有している彼は気分屋なところがあるが、メルシャの作る食事のためならば喜んで力を貸してくれる。

さすがに現魔王に対して軍勢を出すなんて愚かなマネをするとは思えない。

……しないよな？


俺を不安にさせる原因の一つ。

東に位置するメジュール伯爵。通称豚伯爵。

ケイトによって連れていかれたので当面は大丈夫だと思いたいが、いずれまた攻めてくるだろう。レイドリッヒ領を滅ぼさないと気が済まない呪いでも掛かっているかのような行動である。

ただ、既に切り札を失っている。

これ以上あの豚伯爵がどうにかできるとは思えなかった。

最後に未《いま》だ沈黙を守っている南のランドヒル辺境伯。

悪役令嬢たる娘、エミリナが手を出してこなければ比較的安全と言える。

彼女が動き出すのはやはりストーリーが始まってからなのだろうか？

ここでの懸念もやはり攻略キャラであるリッテがうちの領で商売を始めていることだ。

本来なら王都で商いをするはずの彼女を引き込んでしまったことでどのようにストーリーが変わっていくのか、全く読めない。

ただ、このことでレイドリッヒ領が破滅へ向かうとも考えにくい。

領地が潤ってきたのも彼女の手腕に因《よ》るところが大きいのだから。

領地の四方に対する対策が万全になり、あとは周囲の状況をいち早く察して状況に対処していく、というだけになった。

そして、ストーリー開始一年前である十四歳の誕生日を迎えた。

「へ、平和だ⁉」

「うむ、良いことではないか?」

「い、いや、確かにそうだが……」

本来なら何かしらのトラブルが起こってもおかしくない。

特に以前の慌ただしい状況から一転、誰かが襲ってくるわけでもなく、病気の人物が現れるわけでもなく……。

そろそろプロローグとして主人公が動き出す頃か。

そんなことを考えていたらカインが扉をノックして来客を伝えに来る。

「アデル様、王国騎士団長ケイト様がお目見えです。領主様ではなくアデル様とお話がしたいとのことです」

大神殿のことがなにかわかったのだろうか？

そんなことを考えながら応接室へと向かう。

すると、ケイトの隣には服装こそは町民と言ってもいいが、溢《あふ》れ出る気品と意志の強い蒼目《あお》、波うった長い金髪をした少女が座っていた。

その彼女を見た瞬間に俺は思わず頭を押さえたくなる。

どうしてここにストーリーのメインヒロインたる第三王女、マリア・アーデルスがいるんだよ……。

## 閑話　その頃主人公は……

恋愛シミュレーションRPG『アーデルスの奇跡』の主人公は割と平凡な力を有している。

特別力が強いわけでもなく、魔法も適性数は多いもののそのレベルは低い。

レベルが1からスタートするというところは一般的なRPGを踏襲していた。

ただし、そんな彼だけが持つ特殊《ユニーク》なスキルがある。

絆《きずな》を深めた仲間の数だけその能力《ちから》を増加させ、更に仲間たちも強化するという【絆】スキルを持っていた。

これが初めは隠されており、誰か一人との仲を深めて初めて、完全にパッシブ効果を発揮するものでもある。

その片鱗《へんりん》をメインヒロインであるマリアを助ける際に見せ、それが平民なのに学園へ通うきっかけとなったのだ。

――【絆】スキルって公式《そ れ》がハーレムを容認してるってことだよな?

『アーデルスの奇跡』の主人公、ユートはニヤリと微笑《ほほえ》みながら農作業をしていた。

そもそものことを知っているユートもまたこの世界に転生した人間だった。

彼がこの世界に転生し、主人公であるユートになったと気づいたのはほんの数ヵ月前。

初めは「平民に転生かよ⁉」と悪態をついていた。しかし、自身の能力や名前、この国の地理を見てだんだんと疑惑を浮かべるようになっていた。

――もしかしてここって『アーデルスの奇跡』の世界なんじゃないか？

そして、それを確信づける出来事があった。


それはいつも通り、嫌々畑へ向かう途中のことだった。

同じく近所に住む平民仲間、名前はゴンタとかポンタとかそんな感じの名前だったと思う。

そのパンタが教えてくれる。

「なんか行商のおっちゃんが言ってたんだけど、マリア様がどこかに行かれて行方《ゆくえ》不明らしいな」

「ま、マリア⁉　マリアってあの第三王女のマリア・アーデルスか？」

「お、おいっ、呼び捨てなんて不敬で罰せられるぞ？」

青ざめた表情で言ってくるカンタの声はユートの耳には入らなかった。

マリアはケイトに連れられてレイドリッヒ領へ向かっているとは知る由《よし》もない。

――そうか。やはりここは『アーデルスの奇跡』。そうなると行方不明のマリアがいるのはこの近くにある森の中。そこで俺が彼女を救い出し、惚《ほ》れられるまでがプロローグだ。

ユートはニマニマとだらしがない笑みを浮かべる。

「よし、行ってみるか！」

「お、おい、どこに行くんだよ？」

「森の中だ。付いてくるなよ、ペンタ。俺には大事な用事があるんだからな」

「も、森の中は入ったらダメなんだぞ？　それに俺の名前は――」

「わかってるよ、パンダ。じゃあな！」

――いよいよここから俺のストーリーが始まるんだ！


意気揚々とユートは危険だから入ってはいけないと言われている森の中へと向かう。

本来のストーリーならここで魔物に襲われているマリアを救うために力の一部が覚醒。

救ってくれたお礼とユートの力の正体を探るために学園へと通えるようになるというプロローグである。

マリア自身も腐った王国を建て直すために自分の味方が欲しかった、という理由もあったがそれは後々語られる。

そのマリアがここにいない時点で既にプロローグが崩壊しているとは、この時点でユートは気づいていなかった。

◇◇◇

「はぁ……、はぁ……。い、一体、どこにいるんだ、俺のマリアは？」

森の中を駆け回るユート。

せめてマップとイベントカーソルくらい用意してくれ、と悪態をつきながらありもしない現実を妄想しつつ駆けていた。

「いたっ!!」

馬車が壊れ、誰かが豚型《オーク》の魔物と向かい合っている。

はっきりと姿は見えないもののこの状況だ。マリア以外考えられない。

あとは俺の力が覚醒するだけ。

そのためには——。

「うぉぉぉぉぉ!!　くらえっ!!」

手に持っていた農作業用の鍬《くわ》でオークを攻撃する。

当然ながらレベル1のユートが想定討伐レベル15のオークを倒せるわけもない。

それを唯一可能にするのが彼のスキルである。

このときにゲームのユートはそのことを知らない。

ただ、襲われている女の子をなんとか助けようと必死になっていたのだ。

今のユートは、というと——。

――俺のハーレムか……。ふふっ、まず誰から攻略するか。

既に頭の中がお花畑でとても今の危機的状況がわかっていない。

そんな余裕がある相手でもなく、ユートの攻撃は一切《いっさい》オークには効かずに、逆に反撃を受けるのだった。

「ぐはっ!!」

腹部に強い衝撃を受ける。思わず腹を押さえ蹲《うずくま》ってしまう。

オークとしては鬱陶《うっとう》しい虫を払いのけた程度。手を払っただけでその威力だった。

――し、死ぬ……。こんなに痛いなんて聞いてないぞ!?

冷静に考えればわかりそうなものだったが、あいにくと今のユートは冷静ではなかった。

――で、でも、ここでマリアが神に祈ってユート《おれ》の力が覚醒するはず……。

襲われていた少女の方を向く。

でもそこにいたのは可憐《かれん》な少女ではなく、豪華な服装に身を包んだガチムチの筋肉質のおじさんだった。

マリアだと思っていたユートは相手が男ということで絶望の淵《ふち》に叩《たた》き込《こ》まれた。

しかも、あまりにも良《い》い体格からその男のことが魔物にしか見えなかった。

――ひっ、ご、ゴリラ!? いや、魔物!? ちょ、ちょっと待て!? ど、どういうことだ!? お、俺は魔物たちの仲間割れに割って入ったのか!?

自分の行動の無意味さを悟る。すると全身からフッと力が抜けていく。

「大丈夫かしら？」

「っ⁉」

魔物が人語を話してくる。

その瞬間に背筋がゾッとして地面に腰を着けたまま必死に後退《あとずさ》っていた。

まさしく前門のゴリラ、後門のオークである。

どうにもすることができない状況にユートは今にも意識を手放しそうになっていた。

「に、にげ……」

――今すぐこの場から逃げたい。

そう口に発したつもりだが朦朧《もうろう》とした意識の中ではその言葉は半分も発せていなかった。

すると、ゴリラは何故《なぜ》かユートを心配してくれる。

「私のことを心配してくれているわけ？　で・も・こんな可愛《かわい》い子を放っておけるわけないでしょ」

「そ、その台詞《せりふ》はヒロイン……」

「ヒロインだなんてもう、私、照れちゃうわよ」

――ヒロインから聞きたかった。

本当ならここはマリアが「あなたを置いて逃げるわけにはいきません！」と言ってくれて、そのあとユートの力の一部が覚醒するのだ。

覚醒の相手はメインヒロインであるマリアのはず。

そう思っていたのだが――。

「か、覚醒⁉」

何故か急に意識が覚醒する。それと同時にすごく嫌な予感に苛《さいな》まれた。

――ま、まさかこんなゴリラ相手にスキルが覚醒したりなんて……。

ユートの体が輝きを帯び、今まで感じていた痛みがまるでなかったかのように回復する。

それと同時にゴリラと感覚の共有がされ、お互いの能力が向上しているのを感じる。

それもそのはずでユートがゲームの作中に仲間にしたのは女キャラばかり。

だから気づいていなかったのだが、別に仲間にできるキャラは女キャラに限られない。

そして、男キャラとも絆を育めばしっかり覚醒は起こるのだ。

そのことに気づいていなかったユートはガチムチの男と繋《つな》がりができたことに必死に抵抗していた。

「い、嫌だ。やめてくれ。こ、こんな初めて、迎えたくない……」

「あらっ、これは気持ちいいわね」

必死に涙目で懇願《こんがん》するがユートのユニークスキルは無情にもパッシブスキル。

結局しっかりとスキルが発動してしまい、そのままユートは戦意喪失してしまう。

その隙《すき》を逃さずにオークは襲ってくるが――。

「あなた、邪魔ね♡　ふんっ!!」

思いっきりオークを殴りつけたゴリラ。

その腹には巨大な穴が開いて、オークは絶命していた。

「あわわわっ……」

ユートはその様子を見て泡を吹いて気絶する。

「大変。早く治療行為をしないとね」

ユートの服を脱がそうとするゴリラ。

その瞬間にユートの意識は覚醒し、ユニークスキル【絆】の力をフル活用して、その場から高速で逃げ出す。

マリアを助けて学園に入る、なんてことは彼の頭からはすっかり抜け落ち、ただただ、この恐ろしい相手から逃げ出したいという一心で――。

一応このゴリラ……いや、男は由緒正しい公爵家の人間で今の王政に反対している人物でもあった。

作中では名前しか登場はしていないが、王女がいなくても彼の力があれば学園へ入ることができただろう。

しかし、それを拒《こば》んだユート。

学園へ入る術《すべ》を失い、主人公ながらメインストーリーからの脱落が決まったのだった――。

「がくがく……。森怖い……。ゴリラ怖い……。豚怖い……」

森から帰ってきたユートは一ヵ月ほど自宅に引きこもり、体育座りのまま呪言のようにブツブツ呟《つぶや》きながら体を震わせ続けるのだった――。

あとがき

初めまして、空野《そらの》進《すすむ》です。

人によってはスライム先生やスラ先生と呼ばれることの方が多くなっております。

まず最初に本書を手に取っていただきありがとうございます。

本作は『カクヨム』さんにて連載させていただいていたものを加筆修正させていただいたものになります。

またこちらの作品は『水曜日のシリウス』さんにて先行でコミカライズされております。

sorani先生の可愛らしいタッチで描かれた漫画は小説版とまた違った印象を持ってもらえると思います。

本作を書くきっかけとなったのは、やはり最近の定番、悪役主人公ものを自分なりに落とし込むとどうなるか、ということを考えたのがきっかけでした。

悪役主人公が更に努力して……という話はたくさんあった中、逆に悪役たちを一ヵ所に集めてみてはどうだろう？ というところから作品を作り始めました。

ただ、最弱主人公がどうやって仲間を集めていくか。

そこでかなり悩みました。初日も作品の公開予定ギリギリ……。少し越えてましたが、そこから公開して20時を目処に投稿を続けておりました。

ただ、毎日迷い続け、結果的に一時間ずつ……、日によっては数時間ズレたりとかして常にギリギリの更新を続けてました。

途中、高熱を出して寝込んだ時もありましたし、子供を連れて遊びに行く日もありました。

それでも更新だけは途絶えないようにしておりました。

書くことが好きということもありますが、やはり楽しみにしてくれている読者の皆様にいち早く物語を届けたいという気持ちが強かったと思います。

おかげさまで『小説家になろう』さんでウェブ投稿を始めて以来初。『カクヨム』さんで週間総合ランキング一位、月間総合ランキング一位をいただくこともありました。

その甲斐もあり、こうして書籍として世に出すことが出来ました。これもウェブの頃より読んでくれた皆様のおかげでもあります。本当にありがとうございます。

最後になりますが、当作品を作る上で尽力してくださいました担当さん、Kラノベブックスの皆様。その他当作品に関わる全ての皆様。当作品を出版するために尽力してくださり本当にありがとうございます。

イラストレーターのファルまろ先生にもとても素晴らしい絵を描いていただき、本当にありがとうございます。

おかげで『最弱貴族』の魅力が格段に増すことができたと思っております。

そして、購入いただきました読者の皆様、本当にありがとうございます。

Kラノベブックス

# 最弱《さいじゃく》貴族《きぞく》に転生《てんせい》したので悪役《あくやく》たちを集《あつ》めてみた

空野《そらの》 進《すすむ》

2025年3月31日第1刷発行

| | |
|---|---|
| 発行者 | 安永尚人 |
| 発行所 | 株式会社 講談社<br>〒112-8001 東京都文京区音羽2-12-21 |
| 電　話 | 出版 (03)5395-3715<br>販売 (03)5395-3608<br>業務 (03)5395-3603 |
| デザイン | 寺田鷹樹（GROFAL） |
| 本文データ制作 | 講談社デジタル製作 |
| 印刷所 | 株式会社KPSプロダクツ |
| 製本所 | 株式会社フォーネット社 |

KODANSHA



ISBN978-4-06-537733-8　N.D.C.913　291p　19cm
定価はカバーに表示してあります


ファンレター、
作品のご感想を
お待ちしています。

あて先
〒112-8001　東京都文京区音羽2-12-21
(株) 講談社　ライトノベル出版部 気付
「空野進先生」係
「ファルまろ先生」係

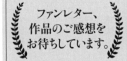

講談社ラノベ文庫

# 勇者と呼ばれた後に1～2
## ―そして無双男は家族を創る―

著:空埜一樹　イラスト:さなだケイスイ

――これは、後日譚。魔王を倒した勇者の物語。
人間と魔族が争う世界――魔王軍を壊滅させたのは、ロイドという男だった。戦後、王により辺境の地の領主を命じられたロイドの元には皇帝竜が、【災厄の魔女】と呼ばれていた少女が、魔王の娘が集う。これは最強の勇者と呼ばれながらも自分自身の価値を見つけられなかったロイドが「家族」を見つける物語。

Kラノベブックス

# 辺境の薬師、都でSランク冒険者となる
## ～英雄村の少年がチート薬で無自覚無双～1～3

著:茨木野　イラスト:kakao

辺境の村の薬師・リーフは婚約者に裏切られ、家も仕事も失った。
しかし、魔物に襲われていた貴族のお嬢様・プリシラを助けたことで
彼の運命は大きく変わりだす！
手足の欠損や仮死状態も治す【完全回復薬】、
細胞を即座に破壊し溶かす【致死猛毒】……など
辺境の村にいたため、自分の実力に無自覚だったリーフだが、
治癒神とも呼ばれる師匠から学んだ彼の調剤スキルはまさに規格外だった！
ド田舎の薬師による成り上がり無自覚無双、ここに開幕‼

# 氷剣の魔術師が世界を統べる1～6
## 世界最強の魔術師である少年は、魔術学院に入学する

著:御子柴奈々　イラスト:梱枝りこ

数多くの偉大な魔術師を輩出してきた名門、アーノルド魔術学院。
少年レイ＝ホワイトは、学院が始まって以来で
唯一の一般家庭出身の魔術師として、そこに通うことになった。
周囲は貴族や魔術師の家系出身の生徒たちばかりの中、彼に注がれる視線は厳しい。
しかし人々は知らない。
彼が、かつての極東戦役でも数々の成果をあげた存在であり、そして現在は、
世界七大魔術師の中でも最強と謳われている【氷剣の魔術師】であることを――。

講談社ラノベ文庫

# ダンジョン城下町運営記

著:ミミ　イラスト:nueco

「――組織の再生の方法、ご存知ですか？」

高校生社長、木下優多は、若くして財産を築くが、金に目がくらんだ友人や親戚に裏切られ、果ては父親に刺されてしまう。絶望した優多を救ったのは、召喚主にして心優しき異世界の亡国の姫君、ミユの涙と純真な心から生まれた、小さな未練だった。

これは再生屋と呼ばれた少年が、少女のために国を再生する物語。

Kラノベブックス

# 生放送！<br>TSエルフ姫ちゃんねる

著：ミミ　イラスト：nueco

『TSしてエルフ姫になったから見に来い』

青年が夢に現れたエルフの姫に体を貸すと、なぜかそのエルフ姫の体で目覚めてしまう。その体のまま面白全部で配信を始めると——。

これはエルフ姫になってしまった青年が妙にハイスペックな体とぶっ飛んだ発想でゲームを攻略する配信の物語である。